王毓民《占尽春光》

王毓民《独醉夕阳》

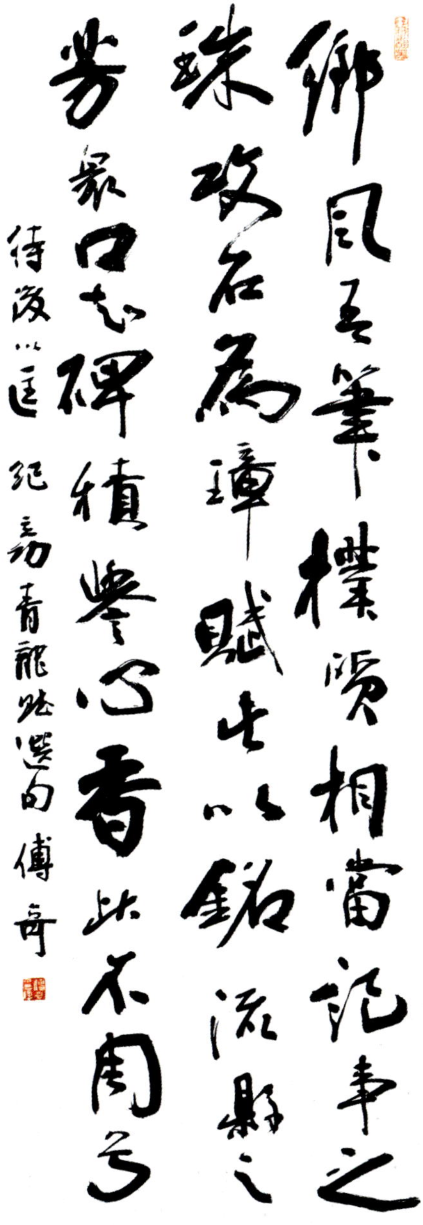

傅奇　书法立幅

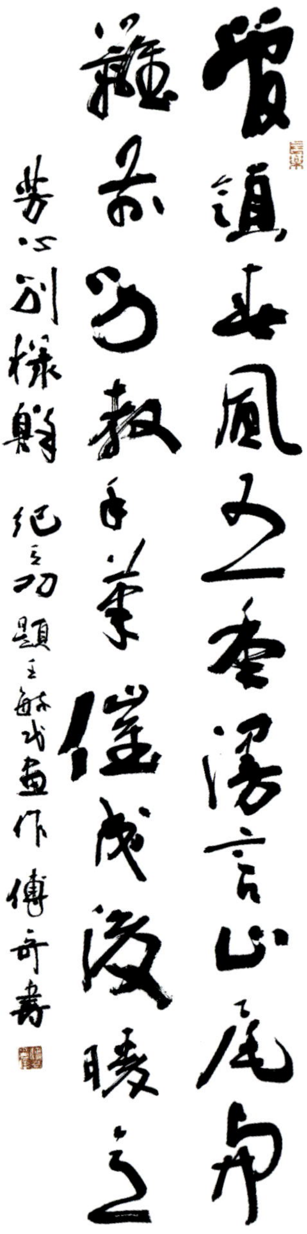

傅奇　书法立幅

任意书 《天女木兰》

任意书 《牡丹》

张连复　书法扇面

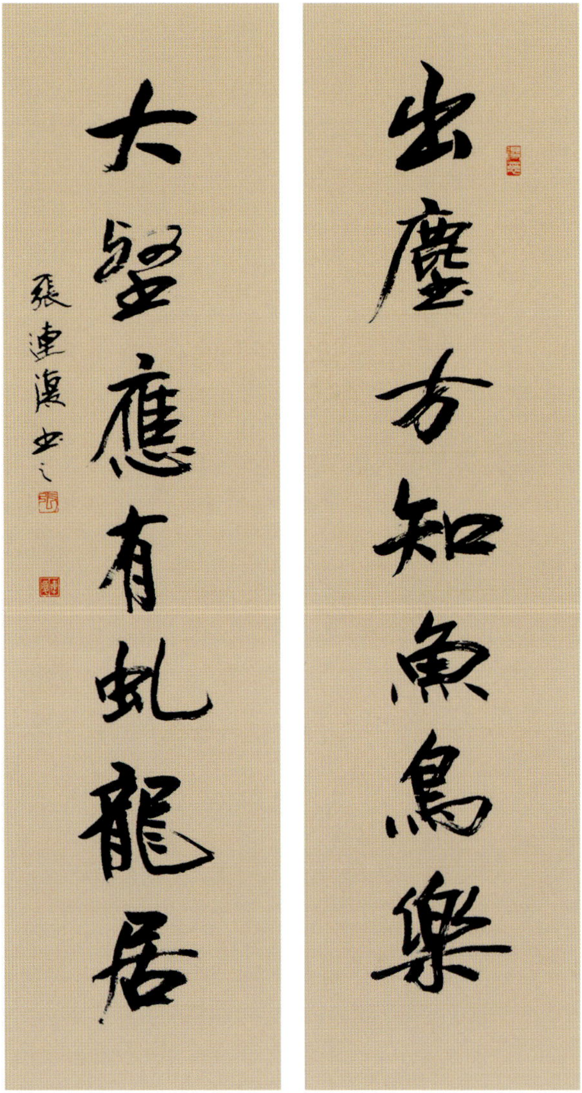

张连复　书法楹联

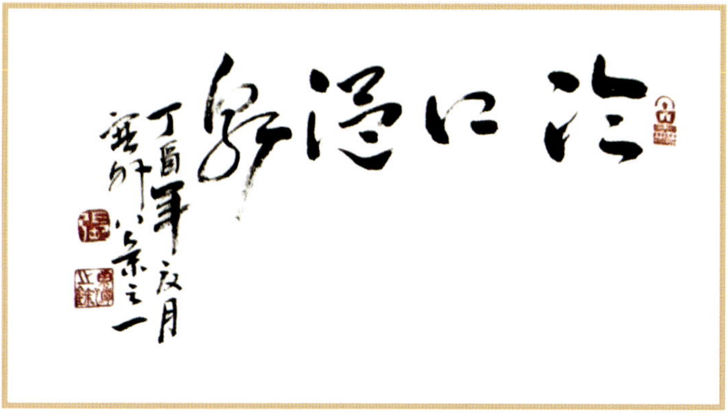

张东海 《冷口温泉》

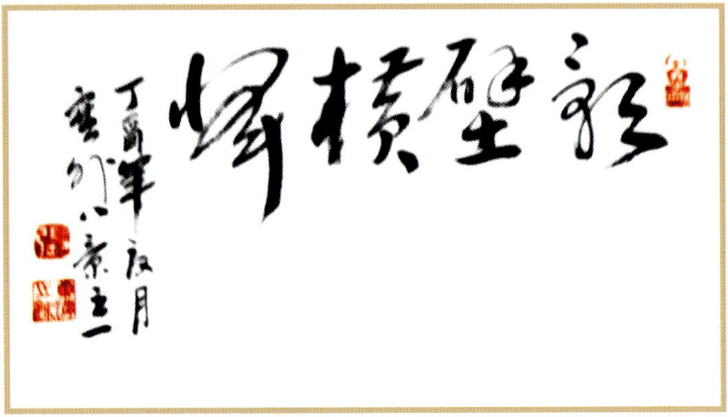

张东海 《影壁横峰》

王世璋　书法横幅

杨梅　树石人物

杨梅　《山乡》

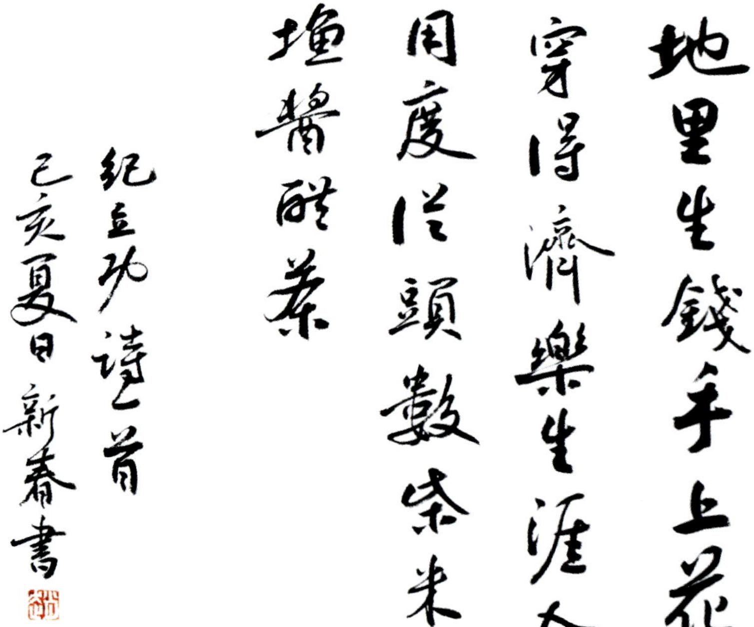

赵新春　书法斗方

青龍風土詩記

纪立功 著

群言出版社
QUNYAN PRESS
·北京·

图书在版编目（CIP）数据

青龙风土诗记 / 纪立功著. -- 北京 : 群言出版社，2019.9

ISBN 978-7-5193-0533-8

Ⅰ. ①青… Ⅱ. ①纪… Ⅲ. ①诗集—中国—当代 Ⅳ. ①I227

中国版本图书馆CIP数据核字(2019)第164729号

责任编辑：李　群
封面设计：李士勇

出版发行：群言出版社
地　　址：北京市东城区东厂胡同北巷1号（100006）
网　　址：www.qypublish.com（官网书城）
电子信箱：qunyancbs@126.com
联系电话：010-65267783　65263836
经　　销：全国新华书店

印　　刷：天津画中画印刷有限公司
版　　次：2019年9月第1版　2019年9月第1次印刷
开　　本：787mm×1092mm　1/32
印　　张：8
字　　数：100千字
书　　号：ISBN 978-7-5193-0533-8
定　　价：49.00元

家乡的记忆

（代自序）

以博喻著称的钱锺书先生有一个易懂易记且易为人知人用的比喻：人们对家乡（祖国）的记忆像刻在树上的字，那棵树愈长愈大，它身上的字迹也就愈长愈深。不比记生字、记数目等机械的东西，如同刻在石头上的字，易于磨损消灭。原因不外乎，前者是活记忆，受感情因素的支配，深隐，不易解脱；后者是死记忆，板滞，静止，不能成长，不管当初刻得多么深透，久经雨洗风磨，终归漫漶不清。我相信每个知道这个比喻的人都会感到亲切，因为我们每个人都有自己的家乡。

王海津同志近年来出版了一本广受家乡人称道的散文集《乡村碎片》，对儿时生长的青龙鹊雀窝沟的一山一水，一草一木，一花一果，一人一事等都做了详细的摹写,体情状物,细致入微,耐人寻味。每一个读到他这本书的家乡人，用心体会，都会露出会心的微笑。家乡的记忆这个由七情六欲生发出来，五味杂陈又不易言说的东西，带有遗传、感染、扩散、生长等活物的特点。

诗人大解（原名解文阁，著有《悲歌》《诗歌》等作品）是青龙走出去的诗人，也是家乡人所说的“文化人”中的佼佼者，在当今中国新诗诗坛上占有一定的位置。他有一组描写家乡母亲河——青龙河的诗，诗都不长，却把这条诗人从小在她岸边嬉戏，伴随着他成长的河流描写得很细致：水宽水窄，河清河浊，潮起潮落，以及河面照映村庄，孩子嬉水渡河，节气循回流转，阳光升明落暗等，斑驳陆离，思绪纷陈。最后归结为“在你的骨头里留下伤痕”，

“伤痕”不就是最深刻（也许是最好的）的记忆吗？

青龙是满族聚居的地方。据历史资料及家谱记载，八旗人口除镶红旗外，其余七旗均有分布。可以想见清朝建立之初，朝廷派出旗人来青龙（也包括周边地区）居住、休养生息的情形。清朝建立之后，为长治久安计，统治者看重汉族文化，这样汉族传统的书法、绘画（更不用说文学）等艺术便成为满族家庭的必备，世代相传。汉族家庭当然更不例外。以书法为例，我们就目前所能看到的活跃在民间的“文人”毛笔字，三教九流中，能称为“先生”的几类人包括教书先生（塾师）、看病先生（医师、郎中）、账房先生（管家、会计、掌柜）、书画先生（书家、画师）、说唱先生（曲师、影匠、皮影匠）、算命先生（卦师）、阴阳先生（勘舆师）等大都能写一手过得去的水笔（满族人口语中称毛笔为水笔）字，攘攘间不缺赞美之言。现今青龙硕果仅存的老一辈书法家傅奇、张连复、王世璋等几位老先生当中，傅奇先生最具有代表性。清中期到民国年间，傅氏家族几代人中，有从政、从文、从商、从教、从医者，人才辈出，会写字而耐人看，习书法而有成就，声闻乡里，乃至书界有名者，络绎有人。傅奇先生本人，六十年间，口诵文，眼观书，手运笔，几座上碑帖纷纶，旁学横通间，坐书斋而知天下，研墨渖而融古今，棱棱瘦字，筋骨有神，一家手艺，世人赏心。傅先生尝云：“习书画而有根底者，能事也。”所谓根底者，碑帖学养外，家学乡风之濡染，不亦“根底”之渊源乎。

再以绘画论，历来有诗、书、画“三绝”或诗、书、画、印“四绝”之说。一身而兼三任或四任，除了艺术间的互相促动、连带关系外，实则也是古往今来尤其是古代对从艺者的必备要求，进而长成养家本领，看家手段。齐白石所称“诗第一，书第二，印第三，画第四”者，自许其事，亦共誉其能，并不是真的想分出个高低上下。读当代画，万人俱进，不耐看处在诗格纤弱，字体侧斜，甚至于二者为门外汉，“不成个儿”，且不提印。这样于整体意境便遭削弱，也不易形成自家风格。远的不说，青龙及紧邻区县在清朝后期乃至民国年间，以画立世并诗书兼擅者，颇有其人。根据《青龙满族自治县县志》（第一版）及杨贺春先生在《青龙满族史》（河北省民宗厅老厅长鞠志强同志主编的历史文化丛书之一）一书中记事，张小山（青龙人）、许碧山（抚宁人）、张朵山（建昌人）三位清末书画家号称“塞外三山”。其中张朵山为宫廷画家，据传曾为慈禧太后代笔，他的画在现今青龙藏家手里还看得到，古木瘦石，笔墨清润。画中题跋、诗（是否自作不得知）、字皆过得去。当代的王毓民先生是地道的青龙生、青龙长也受益于青龙山水风光的本土画家，早年就读天津美院，师从孙其峰先生、霍春阳先生等，名家传授，法门悟入，一生心事，烘染丹青，画中题咏均出自自家手笔，意境相侔，风格自造，颇有老一代画家手眼。山水之外，花鸟擅场，枝间点雀，最得孙先生神韵。梅竹这些传统题材不说，农家蔬果，堆来盘底，游鱼走蟹，妆点池塘。最妙的是画桃，桃花桃实，折枝寿果，历来就有。打开手机就能找到宋朝皇帝（徽宗）亲笔画出的桃枝花叶，清朝皇帝（雍正、乾隆）指导定做的瓶上仙桃。上以化下，御苑乃至民间的作品，就可想而知。王毓民先生中年以后所画之桃以山野的“毛桃”（老百姓口语中的秋桃，实则为自然生长未经嫁接过的桃种）居多，青枝绿叶，粉蕊疏花，在清风中摇动，招人喜爱。这种桃树青龙农村山间随处可见。家乡风物，侵胸润意，童心老手，无间得一矣。

还有老辈画家张东海先生，从工艺画入手，专攻工笔，自学成材。取法名家又教授上庠（在香港城市艺术学院北京分院讲授人物线描），日夕间摩挲花树，求画者徘徊宅门，人谓画界逸人。晚年巨制《青龙河百米长卷》，骎骎巨幅，耗时三年，青龙风貌，囊括无遗，独占鳌头。年轻一辈画家之特出者以杨梅同志为代表。杨梅嗜画如痴，师从梅墨生先生，入手即取径高古，法古人而创新意。难得的是十数年间于家乡山水诸如都山、祖山、南山、青龙河、起河、都源河乃至村庄、集市、古宅、新院等流连探访，会心于物，成稿于腹，写生取景，出手成章，而今已桃李满门，墨香氤氲中挥扫绢楮，花青赭石，顺心点染，远朋近客，函索争求。

再谈一下摄影，读图时代，各种影像作品纷至沓来，扑面塞眼。山阴道上花事，已不能比肩矣。青龙艺术摄影的奠基者是张守志老先生。守志先生于二十世纪六七十年代即开始用镜头采录青龙的山水风貌、社会发展、人文气象，八十年代早期加入中国摄影家协会，倾毕生精力，摄家乡风土。所藏胶卷，累箱盈箧。发表作品，难以数计。黑白影像，浮光溢彩，春风秋水，涵碧摇空。年轻一代的摄影行家如王德志，苦心孤诣，不改初衷。青龙境内的长城古道，春种秋收，牛羊上下，雪白松青，老物事，新气息，于晨兴晚入，紫雾蓝光间，收来镜底，传播世人，变一人乐为众人乐，不亦快哉。

本地人有家乡情结，家乡记忆，这不奇怪。难得的是这种记忆的梳理、总结、表征和寄托，一句话，留得住乡情、乡愁。和尚们说不敢三个晚上同宿在一株桑树之下，免生眷恋。用无情以掩有意，空处着眼。我们从实际出发，不跟和尚学榜样。大千之中，该钟情处总留情。即便是枯枝发芽，老树开花，树瘿木瘤当中，总有好看的文章。这便是年轮的痕迹，家乡的记忆。

目录

青龙赋

河北青龙满族自治县历史悠久，积淀深厚，县域广阔，民风淳朴，满汉苗回，团结一家，祖山起水，交相映秀。历百千万年光阴，龙腾青冥；著赤黄紫色羽翮，凤鸣绿树。五风十雨催五谷丰登，三槐九棘成三重梁栋。谋大发展，天地人和，成新境界，衣食住足。赋曰：

维北有邑，都山之阳。伊地之民，在水一方。
历百千载，民族之乡。文明肇始，不论夏商。

初民石斧，磨利生芒。更化三代，钱刀有藏。
繁衍生息，何止汉唐。古奚帝裔，占据为王。
长城蜿蜒，非界之梁。交通有口，稗贩无防。
南农北牧，融融相将。烽火炊烟，蜗篆羊肠。
关城表里，上下牛羊。青龙满族，源远流长。
女真血脉，八旗皇庄。京畿东隅，禾黍连冈。
过家乔木，榆柳茫茫。鹊止于枝，雉飞满墙。
平民栖居，瓦屋胡床。人家井灶，瓜果椒姜。
逢年过客，改膳举觞。早出晚入，劳作不遑。
汗胛敝屣，冬夏炎凉。有清一代，贡钱与粮。
有帝微服，访民苦殇。

近代开化，风接西洋。有学之子，考试上庠。
有识之士，兴教明旸。日寇侵华，“满州”南疆。
役人为畜，修圈使亡。残害百姓，烧杀抢光。
人民奋起，举刀与枪。向敌戈矛，劳我壶浆。
燎原之火，其势疯狂。没寇之顶，洪流汤汤。
我痛巨矣，予敌重创。艰苦卓绝，其业煌煌。
可泣可歌，山峪水旁。可书可记，子丰周郎。
东方既白，百业兴刚。新元更始，民奋图强。

平田垦地，郁郁苍苍。种棉种麻，有衣有裳。
凿井修渠，清流汪汪。蚕食得丝，其柞与桑。
树生青山，披绿之装。万家百村，富口余房。
葑菲之采，叶茎不忘。一方乐土，人气昂昂。

改革开放，谱写华章。满乡儿女，百炼成钢。
祖山之顶，望海眺樯。桃林之湖，取鲤与鲂。
农业大县，满敖满仓。随风起伏，禾苗棵秧。
山栽红果，村植绿杨。油油板栗，声价锵锵。
枸杞缀树，苹果成箱。充国之库，鼓民之囊。
物华地宝，石白金黄。环境立县，荫生甘棠。
产业强县，钢铁擅场。开放兴县，功倍于常。
和谐安县，纲举目张。实力青龙，经济领航。
魅力青龙，山水徜徉。活力青龙，望极八荒。
幸福青龙，蜂蜜果糖。文明青龙，善行穰穰。
和谐青龙，国富民康。而今之日，其盛也昌。
青龙腾飞，涅槃凤凰。彼君子兮，高歌以吭。
得天之助，吾乡堂皇。得地之厚，吾土昭彰。
得人之济，吾民吉祥。南山松翠，缕缕行行。
岁寒之姿，金玉琅琅。有灵在山，雨露滂滂。

有龙在水，五彩沧浪。欣欣万众，凤翥龙翔。
文化广场，立城中央。晨歌暮舞，雨雪风霜。
乐莫乐兮，老幼无妨。崇楼飞阁，矗山以妆。
俯城阅流，永驻为良。春花秋月，物态扬扬。
夜来灯火，流彩飘缃。馆藏博物，印钮剑铓。
精金璞玉，荟萃泱泱。乡风吾笔，朴质相当。
记事之珠，攻石为璋。赋此以铭，流县之芳。
众口知碑，积誉心香。此不周兮，待后以匡。

罗文将军歌

开国将军罗文，出生辽宁凌源，紧邻河北青龙（当时同属热河省）。生逢“九一八”事变后乱世，少年蓄志，负笈东洋，师夷之长技，长报国决心。灵心慧眼，珍珠能识，鲲鹏类聚，蹈海拿云。又遇“七七”事变，民族危亡之时，天上北辰星芒，陕北宝塔灯光，喜心引路，得所而归，入抗日洪流，显军旅能事。嗣后受命，请缨赴敌，剑锋东指，铁马还乡，铸百炼钢刀，吐干云豪气。凶寇当前，铮铮以抗，越长城，出林薮，战山野，走村落，扩冀东根据地，建凌青绥联合县，饮泉食橡，枕戈衣胄，等身战士，入死出生，真干革命，主干城，济时事之杰出者。抗战胜利，经略东北，率先挺进，利锥俊颖，转折大局，终成旧邦维新，大国更生之伟业，亦得道者成功，名垂青简之胜事。至今，乡国记其人，众口传其事，父老嘱余作歌，心感精诚，手摹形象，幸莫大焉。二〇一五年，恰为中国人民抗日战争胜利七十周年，驱鬼当记其时，复兴更多来日，史迹昭然，血意殷殷，吐泪捡珠，玉芒冰鉴，乃国人之夙愿。青龙为冀东抗日根据地出关建立第一个民主政权所在地，遭日寇荼毒之深，沥血难书，借将军之歌，略为表述，于史有补，于痛不忘，亦群生之共识也。余本籍青龙，母舅李祥久于一九四三年初参加青龙八路军，恰为将军主持青龙军政大计之时，英雄羽翼，为国牺牲，烈士情怀，每酸泪贮胸，借将军之歌，忝附冥传，稍微快释，亦为耿耿中之慰藉也。

一

故国满疮痍，人民陷囹圄。
万家如草芥，黑夜摇风雨。
凌源美少年，负笈命学侣。
汲汲赴东瀛，彼邦习军旅。
师夷求制夷，心事图鹏举。
萤火亮自专，悄悄表壮语。
合作发大声，救国假吾与。
濡沫更响湿，谁言怕刀俎。

二

书生奋起时，愿力直如矢。
报国请杀贼，刀剑当笔纸。
北辰拱众星，茫茫磁有指。
宝塔射光芒，亿万得宗旨。
抗日聚人心，青壮出桑梓。
荷戈有同仇，意气结余子。
联翩成羽翼，同志如弟姊。
曙旭现端倪，马策方东驶。

三

千里“无人区”[1]，烧杀日有鬼。
荒村鸣狐狸，断垣出蛇虺。
弱者刀下亡，强者山上匪。
腥风伏白草，血雨灌红卉。
有家何处家，生民等虱虮。
幸有领路人，延安声已蜚。
御风千百里，雁翅衔首尾。
解民于倒悬，饮泉食有篚。

四

军民同骨肉，心曲有灵犀。
饮水掘新井，种菜界春畦。
一炕知冷暖，同桌尝盐齑。
队伍常来家，连屋起虹霓。
日寇横扫荡，开户取东西。
罄粮复绝种，赶尽牛豚鸡。
狼皮人样子，谁信“共荣”兮！
得道终得胜，战场判云泥。

五

长城龙蜿蜒，青龙河海浒。
民风存愿朴，生息续万古。
鬼来拼抗争，刚勇猛于虎。
张刘罗信马，[2]播火燃厚土。
建设根据地，兵民都欣舞。
子弟新送军，老弱锄旧圃。
一县剧沸腾，杀敌势正苦。
刀枪报深仇，三五操弓弩。

六

一战取柳江，杀敌真不少。
二战古长城，击鬼击其脑。
三战水银矿，日酋毙屿岛。
龙头与龙腰，日伪纷仆倒。[3]
大车百余辆，缴获装备好。
英勇七区队，气震山河表。
群众巨苦辛，支军送粮草。
殒儿二十二，[4]僵死犹怀抱。

七

铜墙花厂峪，金汤靴脚沟。⑤
弹丸曳光火，呐喊声咆咻。
长空改鸟道，狼烟岚翠浮。
水有能洗血，花无计避蹂。
陷敌复杀敌，惨烈谁匹俦！
造化通人意，天风起飕飗。
太阳重普照，战士乐不收。
可笑汹汹寇，竟作死骷髅。

八

抗战大反攻，挺进东北走。
家国重收拾，更来摧腐朽。
昂昂过江南，新生盼太久！
丑类祸比邻，国门驱豺狗。
三年迭恶战，死灰扫铁帚。
英雄安在哉！事迹存众口。
父老怀将军，作歌托吾手。
青龙百二地，豪气干云斗。
歌声作龙飞，此气郁然守。
将军名罗文，千古犹雷吼！

①抗战中期，日寇为消灭抗日民主政权及八路军，在长城沿线“集家并村”（修“人圈”），制造千里无人区，百姓生活极为悲惨，抗日斗争愈加艰难。

②张化东、刘光路、罗文、信修、马骥均为抗战时期冀东根据地东扩，建立凌青绥联合县时期军政领导人。

③奇袭柳江煤矿、周杖子水银矿，长城花厂峪口阻击战，龙头村伏击战，龙腰村战斗，侯范庄伏击战等，均为八路军“罗文部队”（冀东军分区七区队）在青龙境内进行的较大规模战斗。其中，夜袭周杖子水银矿击毙日寇少将经理屿岛，花厂峪口阻击战击毙日军少佐松本，龙头村伏击战缴获日伪军运送武器粮食等物资的大车（青龙土语，指骡马车）百余辆，侯范庄伏击战击毙日军顾问高石和宪兵中队长宾田。

④在反扫荡中，凌青绥联合县工委、办事处和八路军七区队所在地的花厂峪村乡亲们为避敌藏身在山坳岩洞和密林里，为不暴露目标，迫不得已闷死哭闹之婴儿二十二名，百姓至今切齿，闻者为之泪下。

⑤新中国成立后，热河省人民政府慰问老区人民首站即来到青龙县花厂峪村，赠送锦旗一面，上书“铜墙铁壁花厂峪，固若金汤靴脚沟”。

附：罗文将军生平

罗文将军生平

罗文，1913年4月出生于热河省凌源县（今辽宁省凌源市）四官营子乡小房申村，“九一八”事变后在县立初级中学带头参加抗日救亡活动，中学毕业后考取伪满文教部补助费留日生，1933年4月赴日本东京成城学校留学生部学习，期间加入中国共产党外围秘密组织“东北青年解放社”。1935年8月经党组织派遣，秘密回国考入沈阳伪满中央陆军军官学校受训，毕业前夕被校方查出“擅自回国”遭开除并遣返原籍，经党组织安排再次赴日考入东京大学经济系。

1937年“七七”事变爆发后，为响应党组织号召，罗文毅然中断学业，冒生命危险回国，从国民党南京“留日学生归国训练团”脱身，经八路军武汉、西安办事处介绍，入陕西三原战时青年训练班（即安吴青训班）、河南郾城东北抗日先锋队游击训练班学习任教。1938年3月入延安抗日军政大学第四期学习，5月加入中国共产党，先后任抗大军事干事、军事助理员。1939年5月奉命组建抗大三分校直属二队即“东北干部队”，任副队长。

1940年9月与队长张学思、指导员高存信带领“东北干部队”85人从延安千里跋涉到达冀中军区，先后任军区司令部参谋处队训科参谋、教育股长、副科长及作战科代科长，参加“五一”反扫荡作战，在著名的河北威县掌史村突围作战中负伤。1943年3月任冀中军区第十七团参谋长。6月改任冀东军分区第七武装地区队队长，翌年7月任凌（源）、青（龙）、绥（中）联合县工委书记兼七区队政委，在长城千里沿线独立作战，打击日伪武装，反敌经济封锁和“集家并村”，建立党组织和民主政权，巩固扩大根据地，开辟新游击区。后任冀东军分区第十二团副参谋长、冀热辽军区第十六军分区副参谋长，参与组织指挥夏季攻势，将解放区扩大到热南、辽西地区。1945年8月率冀热辽军区东路纵队先遣队最先出关挺进东北，成功联络苏军，为党中央建立东北根据地提供重大战略情报，接管锦州、沈阳等众多城市，任东北人民自治军第十六军分区参谋长，兼沈阳卫戍司令部参谋长、本溪卫戍司令。

1946年1月起，先后任东北民主联军辽东军区司令部参谋处长，东北民主联军军政大学辽东分校副校长（主持工作），东北民主联军第三纵队副参谋长（无参谋长），参与指挥新开岭战役、西丰攻坚战、通化地区防御战、四保临江战役、夏季攻势等；东北民主联军第四纵队副参谋长（无参谋长），参与指挥秋冬季攻势作战，攻克辽阳、鞍山、营口等城市；东北人民解放军第五纵队副参谋长，参与指挥辽沈战役彰武、黑山阻击，围歼廖耀湘兵团，平津战役抢占丰台、围隔北平等作战；第四野战军后勤部参谋长，参与指挥四野南下作战后勤保障，并协助指挥解放海南岛战役后勤保障。

新中国成立后，任中南军区后勤部参谋长，参加筹组总后勤部任计划处长，军委高级后勤学校教育长。1951年6月奉调任志愿军后方勤务司令部参谋处处长、副参谋长（无参谋长），获朝鲜民主主义共和国二级自由独立勋章、二级国旗勋章、祖国解放战争军功章。回国后历任总后勤部检查局局长、汽车拖拉机管理部副部长、运输部部长等职，参与组织指挥辽东半岛抗登陆战役演习、炮击金门、西藏平叛、东南沿海紧急战备、中印边境自卫反击战、抗美援越等重大军事行动后勤保障。1964年4月晋升少将军衔，获中华人民共和国二级独立自由勋章、二级解放勋章，中国人民解放军独立功勋荣誉章。

1996年10月在北京逝世，享年83岁。

青龙满族自治县三十年县庆记

青龙满族自治县经三十年发展，人心唤起，城乡换世，政通事兴，有为有治。来客喜心，观南亩献青，北山列翠，果木喷香，年丰景瑞。居民得意，夸民族团结，和谐社会，与日俱新，未来描绘。载歌蹈舞，感心声温热，瞩目留连，说满乡标格！笔者兴会，述以为诗，客心民意，罗列济济。

二〇一七年七月

一进青龙县，瓦房一大片。
昔闻青龙名，今识青龙面。
客来细品评，我笔述所赞：
满地绿盈盈，果树栽亿万。
苹果布坡谷，板栗围山转。
栗花过香熏，果袋套成串。
万家摇钱树，一脸客惊羡。
秋后销四方，百姓遂初愿。
油油松满坡，杨柳摇河畔。
槐榆绕村庄，楸桦居岭半。
枫栎杂点缀，古松压山冠。
虬龙伸铁枝，苍苍翠华灿。
白雨洗山青，云雾缭帷幔。
习习爽人心，清风扑如扇。
客来走村户，房舍多新建。
红瓦覆白墙，方正列庭院。
桃李挂枝头，畦垄叠成线。
昵客犬摇尾，喜人鸡叫唤。
牛羊始下来，孩童学未散。
瓜果浸凉水，劝人尝几遍。

园蔬摘欲炊，青菜择时荐。
农家老气息，千古注一贯。
乡村兴旅游，光景眼前看。
亦有孤老困，贫病剧交战。
上级派人来，帮助解苦难。
病者得其医，饥者得其膳。
漏屋能改造，余年无后患。
人人讨生活！形势有转换。
产业是根本，干部须锻炼。
全民奔小康，三农大关键。
今日胜昨日，来者益慨叹。
傍晚入城市，灯华惹目眩。
山城亦广阔，林薮移水岸。
长街走车流，河边听鸣溅。
佳怀拥佳梦，鸟语忽诘旦。
急起鼓清兴，纷纷人结伴。
上山或遛街，结习身愈健。
心肺循吐纳，腿脚诩轻便。
一日焕生机，人人美能善。
白日临城市，青峦四周看。

碧涛慢起伏，都山雪照见。
居民意欢快，歌舞团团转。
迎宾小排场，目光聚漫漫。
人心有凝聚，纷华不紊乱。
民族团结乡，发展操铁算。
大家得实惠，脱贫好决断。
卅年大进步，换世庶可判。
客来具眼观，客走三宿恋。
津津说感想，耿耿存期盼。
愧我寡描绘，真欲焚笔砚。

青龙贫困村户脱贫验收诗记

二〇一八年农历正月十一日，河北省委省政府派出的第三方贫困县村户验收工作队——河北农业大学六十余名师生，来到青龙，联袂入村，分拨入户，调查评估贫困户脱贫情况。风和天暖，吉日佳宾，农家院落，喜庆洋溢。脱贫眼前意思，送穷长久勾当，富裕永牢梦想。惠民事业，烝黎百家，兴旺气象。

正月十一二，远客入村庄。
年节留余味，吉日扫炕床。
来人犹客气，迎者意泱泱。
颠倒说细事，津津数能详。
一家四五口，毕业有儿郎。
城里谋差事，刚要吃皇粮。
考试列第一，单位新擢秧。
女儿正读书，住校习已常。
两周放假日，早晚伴爹娘。
家贫学生累，供儿盼飞扬！
已有出头日，今年欲分光。
果树栽满山，水事地头王。
灌溉要机械，河流上山梁。
村里列计划，上面顶顶帮。
几茬油油水，花果准穰穰。
可恨命不济，身体见榔槺。
病业看看有，腰脚懒奔忙。
犹胜本家邻，举手指东墙。
家里接声口：烦恼需抛荒。
劳累本病根，休养最良方。

家境有改变，稍息莫刚强。
况今能报销，合作防短长。
医疗万家共，保障有中央。
家事欲百论，纷陈或相将。
客人出屋看，当院视鸡羊。
两羯正相抵，一雌鸣窝旁。
喜鹊立高枝，稚犬摇铃铛。
养家偕手段，活泼气洋洋。
出门几回首，主客意徜徉。
梨栗走相送，殷勤嘱暄凉。
一村户动百，贫富有分疆。
帮扶最善计，天不留痏疮。
家家凿甘井，处处起新房。
畦圃春种菜，隔壁秋闻香。
民力所有哉，田野治攘攘。
民生所乐哉，病老无大妨。
民心所向哉，共同奔小康。
千古农家事，得益务耕桑。
西山驻老松，阅世沐风霜。
婆娑新世界，虬劲足昂昂。

东来起大河，泽世以沧浪。
青波喜照鉴，春绿转秋黄。
踏地以歌兮，击壤声琅琅。
问天以梦兮，天上有太阳！

青龙脱贫迎国检诗记

二〇一八年七月四日始，四川农业大学师生一行七十五人，驻青龙满族自治县一周，对青龙脱贫情况进行国家评估验收。三万贫家，峰回路转。三年甘苦，万人倍尝。绿水激流，青山腾笑。群花烂漫，五谷生香。青龙腾飞此日，百姓鼓舞有年。诗以记之。

一

山村人事几除乘，百里奔忙采撷能。
天意以民为宝贵，盆兰土芥日蒸蒸。

二

城里学生两两来，农家细故慢摊开。
百村千户豆瓜剖，格物七朝胜竹栽。

三

骄阳密柳赵家庄，桃李纷红杏子黄。
佳客上门喜迎接，南声低韵北高腔。

四

贫家三万最关心，辛苦帮扶力可任。
吃住不愁开口笑，心花一朵比黄金。

五

淋淋汗水灌亭亭，三二年间觉视听。
人欲天功成表里，连连好雨洗山青。

六

缸里有粮肚不慌，一家不落百家强。
婆娑禾稼都掀舞，起伏风来正送香。

七

穷根拔掉长新茎，脚板昏朝山谷行。
失喜一天风露下，花萌连理果簪缨。

八

人心物理贯平侪，香手玫瑰豁两怀。
我辈天生皆赤子，新家喜事正安排。

九

梦里飞天事可谐，新来气象百苏骸。
回黄转绿如人意，粗手门前抚大槐。

十

绿水青山野草花，人来客走喜巴巴。
青龙可可腾飞日，日脚烘金万缕霞。

青龙行

余毕业大学，服务家乡，忽忽间已两纪。故乡[1]风土之美，人情之厚，变化之快，每春心着臆，肺腑间诗意滂沛而泠泠然流于笔端者自恨其少。天不悭于人而人悭于诗，手痒技薄，其情可哂。今于数月间续成一篇，聊补缺憾。

纵横摇曳三千里，从山篦水一青龙。
西都东祖翅首尾，树鳞石骨天能冲。
角触碣石须沧海，祖龙一脉肖其踪。
呼风唤雨膏沃土，万物得泽生从容。
南田北田油油碧，东峰西峰青茸茸。
朝嘲晚啭禽百语，红是山花绿是松。[2]
白雨万竿[3]起山碧，流泉一线惊涛舂。
郁郁百岗香漠漠，溜溜五水秋淙淙。
水底天蓝青枝桠，梨花院落春溶溶。
山水一方好滋养，人补造化天独钟。
民德归厚民风朴，野花野鸟友于农。
三村五里炊烟白，大道直弦车贯从。[4]
开山取矿国民富，心花炉火映彤彤。
故国今家歌最好，原丹川绿洗烟峰。
龙飞在天鱼跃水，景光流转风光浓。
二十四年花信意，诗生于手熟于胸。
岁时日新画欲古，松心柳眼着寒冬。[5]

①青龙面积三千五百平方公里，素有“八山一水一分田”之称。抗日战争时期是革命老区。境内都山、祖山两峰东西峙立，青龙河、起河等五水联袂分流。风光美，矿产富，民风厚。

②刘章《咏响山》：“红有山花绿有松。”

③青龙民间称暴雨为“白竿雨”。

④元好问《家山归梦图三首》：“眼中归路直于弦。”

⑤古人于画好取荒寒之境。如画论所谓“绘事必以微茫惨澹为妙境”（明李日华语），“写枯树最难苍古，然画中最不可少”（明唐志契语），以及画诀“画无枯树不疏通”等等。王安石诗“欲寄荒寒无善画”，从反面说出这个道理。青龙山丘起伏，清流映带，虽晚秋穷冬，老木空林，于朝霰晚霞之间，牛羊上下之时，亦成佳境。

安胜行并呈毕氏集团总裁毕经安先生

安胜矿业公司是青龙大民营企业，唐山毕氏集团投资数亿元建设的安胜矿业迅速形成生产能力，集采冶于一身，对青龙的财政税收贡献巨大。除解决上千人的就业问题外，还助学帮教，乐善好施，为青龙各项社会事业提供上千万元的无私援助，是全县民营企业中的佼佼者。

青龙昂首最东驰，正是行霖化雨时。
乱山深处松不老，万斛骊珠竟天遗。
山有民穷知者少，长松郁郁蟠龙枝。
忽有南来探山者，投袂能摘颔下髭。①
国中毕氏行者虎，深山一啸悟天机。
得天独厚掘宝藏，赫然龙脉走逶迤。
山醒人欢大佳事，亿年造化一朝期。
机械锵锵人跃跃，智者谈笑觉山移。
出山顽石青漫漫，堆山精粉黑离离。
高炉更有熊熊火，山骨地华煅炼奇。
货殖生益利生利，税源滚滚国之基。
屋乌井源思将及，商民俱富时相宜。
富民之术安民道，白发黄髫都熙熙。②
还将大泽润一县，助学帮教德为师。
近水楼台双得月，向阳花木易为滋。
皇天有道真吾助，皇天有道不吾欺！
兜罗世界绵绵路，摄身分相自一碑。③
云龙风虎无穷济，青天满日铁足池。④

①韩愈《寄崔立之》："若摘颔底髭。"
②陶渊明《桃花源记》："黄发垂髫，并怡然自乐。"
③范成大《吴船录·卷上》："兜罗绵云复布岩下，纷郁而上，将至岩数丈辄止。云平如玉地，时有雨点余飞。俯视岩腹，有大圆光……光之正中，虚明凝湛，观者各自见其形现于虚明之处，毫厘无隐，一如对镜，举手动足，影皆随形而不见傍人。僧云摄身光也……凡佛光欲现，必先布云，所谓兜罗绵世界。"
④王庭珪《和周秀实田家行》："咸池洗日当青天。"

青龙黏豆包词

河北青龙黏豆包是满族风俗食品中的典型代表，有古老的渊源，流播今世，仍显现出顽强的生命力。尤其在满族风物渐行渐远的今天，弥觉珍贵。农家黏豆包做法，一般以黍米（俗称大黄米）或黏谷米（俗称小黄米）为面料，以赤小豆、白小豆、豇豆为馅料，蒸出后黏软香甜。俗以白豆馅者为贵。亦有以黏秫米（黏高粱米）为面料者。农家冬日备好面馅料后，邻里互相帮忙，某家于一日内蒸出放缸瓮中冻储，随时取出馏（馏，音 liù，重蒸之意）

过即食。自家食用外，待客、送人、节敬均为方便佳品。

青龙满族自治县龙王庙乡龙王庙村张胜利、张全力兄弟，于僻远山乡经商取利，开一时风气。近年成立双合盛生态农产品有限公司，以青龙黏豆包为主打产品，于传统面馅用料外，增加糯米、栗米（青龙板栗仁）、白莲子、芝麻等用料，旧瓶新酒，风味有加，集传统、现代、民族、绿色、有机等诸多元素于一体，可谓小家碧玉摇身变成北国佳丽。

黏豆包表里兼黄白数色，口味融甜软两端，非炊金馔玉者何？真民俗之逸品，口福中上乘者也。

一

春种秋收倍觉忙，芃芃秧蔓熟穰穰。
丰年子实珍珠似，百谷还家豆进仓。

二

秋获冬舂秤斗量，粗粮细作客先尝。
豆包最是家常物，累累堆盘灿灿黄。

三

东家西家儿女行，替手搬工总未央。
淘漉已完好推磨，纷纷热渴汗如浆。

四

笼屉高擎借几家，劈柴堆垛自先夸。
灶膛腷膊烧红火，食倾掀锅点顶花。①

五

辛苦做成储瓮缸，往来取食影幢幢。
晨餐晚饭分明是，方便农家事一桩。

六

谋事在人闯一行，张家兄弟好儿郎。
早开风气龙王庙，取利分金顶顶强。

七

黍米蒸成色最佳，红豇白豆味能偕。
满族老早留传统，民俗风头未了涯。

八

近来莲子亦当家，料最新鲜馅似花。
糯米栗仁齐配搭，顶尖都是惹人夸。

九

装箱盈箧走城乡，风味而今幸不忘。
佳物于人养心腹，牵思汲绠百回长。

十

以食为天喜气洋，万家粮馈久登场。
炊金馔玉双合盛，宜口宜人大吉祥。

①“点顶花”指家常做豆包者蘸红色颜料于豆包尖顶处点圆点，红黄相映，馋口夺目。

青龙满族医药诗十首

河北青龙满族自治县乃满洲贵族入主中原，定鼎北京后世代栖居之地，镶黄正白，八旗守业，人丁孳育，乡国俗成。满医满药是满族文化的重要组成部分。参苓百草，延年益寿，金针砭石，活络通津。偏方验方，每救人于水火，招魂驱鬼，偶禳解以万一。新中国成立后，满医满药与中医中药、西医西药并驱，医者走家串户，处方候脉，村民垦山植药，走口升堂。三十年间，得风气又开风气矣。所贵者都党燕芪，葛根柴胡，皆药中精英，医家药局所宝重，所传者丸散膏丹，老幼能知，家常取用。改革开放以来，传统药材之栽培、加工、销售，入佳境而成气候，民间疗法的刮痧敷肌、汤泉药酒等，亦善行其道矣。

近年来，王连晨、郝万华、佟启和、刘志刚等青龙医药界精英耆旧，发扬蹈历，成立青龙满族医药研究会，钻研故籍，掇拾遗珠，利用现代科技的方便，踵其事而增其华，则满族传统医药之济世传世，必可期可见，春光满眼矣。

一

立国真能换世回，化机总寓转轮材。
更添参草新风物，都是白山深处来。

二

成俗可移境拓开，中原气息毂中胚。
医人活计同医国，新局新方善总裁。

三

处方候脉得门推，添水吹炉稳火煨。
手掐把拿慢持事，叟童去病妇安胎。

四

药裹苏人[1]真善哉！金针砭石亦良媒。
招魂驱鬼偶禳解，薄酒炕桌饮几杯。

五

故国新风万事昌，病夫疟障盼销亡。
醒心败火煎煎急，鹊邈都来手段强。

六

赤脚炎冰踏不忘，漫山采药户煎汤。
洗瘟防疫三十载，[2]父母延年儿健康。

七

都党燕芪杞葛胡，[3]满乡百草贵陈刍。
千金肘后珍灵药，走口升堂势不孤。[4]

八

比肩关傅[5]两矍儒，妙手行年信不诬。
崇本保元传吉问，蠲难祛病老於菟。

九

曾经歌鼓动山村，[6]花笑客喧晓及昏。
芍药分畦苓占圃，饵香药气满庭门。

十

济世无穷传世永，山参年老似童孩。[7]
满族医药回春矣，丸散膏丹续命材。

①苏人为“苏醒”之意。

②新中国成立后，医疗卫生界会同群众运动，于传染病防治之效果绝佳，而传统医药的传承与应用，功不可没。青龙亦不例外。

③都党（都山党参）、燕芪（燕山黄芪）乃药中名贵，青龙特产。长城是青龙县境南界。

④“关”“口”众多，“走口”乃“入关”之意。药家每谓其店铺曰“堂”，如县政府附近现有的“福积堂”“天益堂”等。

⑤关馥庭与傅春融是解放前后青龙两位有名的医家，县内省管名老中医。

⑥二十世纪七八十年代，曾在青龙召开河北省中药材生产现场会，药圃连村，药香广陌，场面生动。

⑦人参是满族医药的象征或灵魂，顾名思义，药具人形。民间传说参老化孩，下山行走，每于夜间入户，予人祥瑞。

官场梨花节诗十首

青龙官场梨花节开办迄今已六届。仲春之际，明花满山，偏僻乡村，人群四至。花事最盛者为头道铺村，百年老树，花缀枝头，人家左近，芬芳气氲。所赏者主要为安梨花，嫩叶初生，花朵如雪，放眼望去，铺天盖地。杂以盛开初开的杏花，浅睡欲醒的桃李，更有随处可见一畦半陇的新韭春葱，傍山映水，随风摇曳的杜鹃垂柳，真仿佛《老残游记》里千佛山的画面，“红的火红，白的雪白，青的靛青，绿的碧绿”。再加上响泉游蜂，不绝人耳，乞浆卖饼，络塞于途，那就是大观园里稻香村的气象，清幽中平添几分热闹了。

夫造物拈花，当春播放，是为花笑；万花升树，装点山野，是为山笑；而男女老少，四方拥至，赏花观景，乡民则操办伙食，招待游人，客因花而放情，主因花而得利，又发为人笑。有此三笑融合，谐趣沛然，又恰逢“官场”地名，真乃天然一幅官场三笑图也。有诗为证。

一

山逢春笑及佳辰，绚采晴光易结邻。
幸有梨乡开节日，眼前都是探花人。

二

车行一溜入山村，四向寻芳腿脚奔。
老幼都沾花味道，薄衫轻履笑常喷。

三

梨腮杏眼爱均匀，抱粉游蜂应学人。
三顾不多花不恼，重来树下一搜寻。

四

远焦近镜索花频，刺蕊针芽主偎宾。
一种春光烘动里，比肩旋踵遇能亲。

五

万株梨雪势铺天，一处桃源即眼前。
随便杏花为点缀，红红白白绿畦边。

六

春韭新葱已破眠，岭沟冰解补流泉。
房前屋后花升树，一派生机足盎然。

七

热热腾腾馍饼香，争先饥客掇来尝。
古今总说农家乐，却为游人花下忙。

八

客来客走过官场，犬吠鸡鸣耳备详。
洗肺洗心好风景，春温花笑喜洋洋。

九

管领东风一树花，浅桃睡李总当家。
素心最是赏心处，映水妆山百不夸。

十

清影淡香品味全，不殊瑞应席能专。
寻常花有稀罕处，匹似天山看雪莲。

蚕丝行

青龙的栽桑养蚕业是传统农业中的一个重要分支，有悠久的历史。远的不说，新中国成立之初，即设立国营缫丝厂分茧称丝，经营红火。现今养蚕业多集中于县域东部安子岭乡左近，富民取利，发展迅速。蚕有桑蚕（家蚕）、柞蚕（山蚕）两种。田间垅头，老桑蜷曲，每当采桑时节，风枝露叶，塞筐盈抱，采之者络绎于途，桑叶渐稀，蚕亦见肥。山上柞树密集，最宜放蚕，雨丝泽润，新登阔叶，沙沙声中，登时食尽，需移枝换树矣。柞蚕最喜者雨露，最怕者鸟雀，放蚕时蚕农需日夜看守，精心侍弄。县内现有旭隆蚕丝公司，剥茧抽丝，缕积捆缚，主要依靠机器作业，摘一茧之丝，千八百米，食倾完成，观者叹服。然传统缫丝方法中之沸汤巧手，亦不可少。至成品之雪经银束，细织精染，裁成衣被后，不特耀眼夺目，蚕之奉献，人之苦心，亦包含其中矣。

一

古业新潮济万家，山村蚕事顶呱呱。
风光总在客人眼，入户探山望最奢。

二

肥桑嫩叶绿毵毵，采摘勤来垅埂边。
攀树折枝非左计，装筐才满又装篮。

三

曾闻古俗闭门安，[①]蚕户往来影只单。
今日洋洋共欣舞，卷帘通顾蠕团团。

四

辛苦还需七日期，小蚕已蜕三重皮。
抬头鼓腹要疯长，乍短忽长事不奇。

五

透体晶莹一色齐，筐箩满地挪东西。
炕头犹有住人处，蚕影渐多叶见稀。

六

串家容易上山难，碰脚闪腰走不殚。
柞木枝头蚕更好，争先赶后正加餐。

七

绿肥黄胖饱相安，② 过树移枝唾不干。
生长满坡金宝宝，鸟鹰欲下眼长寒。

八

结茧生丝力已支，典身化蛹不宜迟。
人人道我蚕辛苦，果腹他时吐此时。

九

沸汤巧械手相宜，缕缕层层为剥离。
抽出雪经三百丈，③千头万绪没终期。

十

苍生衣被等依依，④得用谁人不解颐。
凉暖关心同此物，与人方便叹稀奇！

①古代放蚕时有忌门避人的风俗，如传诵古今的范成大《四时田园杂兴》诗之《春日田园杂兴》第六首“三旬蚕忌闭门中，邻曲都无步往从。犹是晓晴风露下，采桑时节暂相逢”。很细腻地描写出了这种农事习俗。

②柞蚕颜色不一，多为通体碧绿，亦有体色清黄者。放蚕最怕鸟啄，需日夜看守，并用爆竹、锣、铃等响动驱鸟，亦有用蔽衣黄茅缚人形而吓鸟至者。至于用丝网粘(挡)鸟者，于鸟大害，则等而下之矣。

③青龙茧丝品质俱优，每茧长者可抽丝千二百米。

④蚕丝衣被，夏凉冬暖，与时相谐，合人脾性，得先民之巧识，与今世之便宜。

附：蚕的生长

蚕的生长

养蚕和利用蚕丝是人类生活中的一件大事，在三千年前，中国已经开始人工养蚕。蚕是变态类昆虫，最常见的是桑蚕，又称家蚕，以桑为食料的吐丝结茧的经济昆虫之一。再一种就是以柞叶为食料的柞蚕。

蚕的一生经过蚕卵—蚁蚕—熟蚕—蚕茧—蚕蛾，共五十多天的时间。

刚从卵中孵化出来的蚕宝宝，黑黑的像蚂蚁，我们称为“蚁蚕”，身上长满细毛，约两天后毛就不明显了，蚁蚕出壳后约四十分钟即有食欲，这时就要开始喂养了。

蚕宝宝以桑叶或柞叶为生（也可以食用其他叶子生存），不断吃桑、柞叶后身体便成白色，一段时间后它便开始蜕皮。蚕从蚁蚕到吐丝结茧需要经过四次进食、蜕皮（休眠）过程，每次约需四到七日左右（第一次六天，二、三次各四到五天，第四次七天），此后进入第五龄，疯吃疯长，俗语所谓“吃膘”，体长可达六到七厘米。蚕到了五龄末期，趋现老熟，食叶量逐渐下降，继而停食，胸腹部呈透明状，头胸部扬起，寻枝抱叶，口吐丝缕，结茧化蛹。五龄幼虫约需两天两夜的时间，才能结成一个茧，做茧的丝可以抽到长达一点五公里。蚕在茧中进行最后一次脱皮，成为蛹。约十天后，羽化成为蚕蛾，破茧而出。出茧后，雌蛾尾部发出一种气味引诱雄蛾来交尾，交尾后雄蛾即死亡，雌蛾约花一个晚上的时间可产下约五百个卵，然后也会慢慢死去。

张平义同志事迹有感

二十世纪六七十年代，是中国农业农村面貌发生大改观的时期。新中国成立之后，全体农民获得了赖以生存的土地，不管这些土地属于集体还是个人，但土地的主人依地而生的客观条件具备了，接下来就是如何利用这些土地的问题。在农业生产力整体水平还很低下的年代，人们团结起来，互助合作，男女动员，忍饥流汗，兴修水利，平整土地，种树栽禾，力耕细作，应该是最佳的选择。张平义同志恰好是这一时期生在农村，又带领农民“改天换地”“征服自然”的突出代表，当荒野山村田连阡陌、禾树成行之时，人们依穰穰而望岁，兴五业以驱穷，兴奋之情，宁不挂诸脸色乎！至于树典型（张平义同志曾任青龙县委副书记，是当时政治气候下培树的典型人物），广宣传（张平义是青龙县全省农业学大寨运动先进模范，赫赫有名，当年的电影《青松岭》的主角万山大叔就有他的影子），也是当时“顺应形势”，风气所致。而今乡贤哲嗣，俊逸突出，又成为新时期新农村的劳动创业带头人（二十世纪七十年代，戏剧艺术家孙德民先生以张平义为原型创作话剧《千秋大业》，时隔三十多年，孙先生又以张平义之子张明春同志带头创业致富事迹为素材创作话剧《雾蒙山》展演，父子两代形象，一人一手摹刻，奇事佳事，引人惊赞），冥冥中可有护佑哉！

一

万山交加翠，棱棱松柏姿。
平常有智者，俨雅人其谁？
农家获解放，冲天想高飞。
奈不丰羽翼，力耕犹长饥。
高手识其病，古辙得新推。
众人添柴焰，团结固其宜。

二

劳人共攘攘，淬火快锋刀。
汹汹向自然，口食争熬熬。
衣衫著破敝，荒野除蓬蒿。
梯田造沃壤，寒暑逞其劳。
产粮追南国，摘果树攀高。
群颜挂喜色，黍谷猬牛毛。

三

面貌大改善，手眼都放开。
农村得地利，五业旺都来。
岁时歌浩浩，赖有出群才！
斯人归厚土，功业信良哉。
望空叹流逝，捉笔意低徊。
更有后来者，鼓舞又登台。

神石沟歌

——河北青龙神石沟摄影赛事余记

吴山，奇人也。神石沟，奇地也。奇人能为神奇之事，奇地易生腐奇之化。以寻常之农村，偏僻之沟岭，苦心矢志，巧手难能，一经装点，两重风致矣。入神石沟，奇石伫卧，花木掩映，流泉响谷，飞鸟鸣天，好一派自然生机！天眼天梯，石棋石椅，擘窠书壁，亭舍连带，游者乐其中，笑歌变天籁，足踏其境，洗尘脱俗间，亦凤鸟之变矣。余识吴山同志数年，每生人才之叹，观其胸襟手眼，大小百事皆可为。神石沟，匪特山村农家游之好去处，亦平凡人日常中干事成事创新创业之好例也。以此察之，你我均天公之佳设矣！

一

饱裹风雷快雨霜，溪山高下便箕扬。
砰然总有龙门在，跃鲤终能抵上方。

二

十分心劲不寒灰，百事纷拏早起来。
老手忻忻试腰脚，惯常顿挫未摧颓。

三

鱼水从来利不分，家乡图画锦窠文。
田头地脑交相互，鹊语鸽声傍户闻。[①]

四

钟灵毓秀赖天公，神石奇名几处同。
持此却来谢天地，棱层三五摩挲中。[②]

五

石夥于山未有私，每逢佳处便题诗。[3]
神工人意巧搭配，风味真能溯古时。

六

就地因山善取裁，观棋坐椅大悠哉。
天门可上青云住，岭表坡阴络绎来。[4]

七

石井石泉漱有余，神仙洞府较难如。
一般都有诱人处，大字喧天放胆书。[5]

八

熊罴犬马耐寻看，[6]石果通神境拓宽。
俗口讹传有真趣，天随人意百相安。

九

呷呷鹅鸣喔喔鸡，邻家步往水东西。
欢欣总有外来者，片月升高人语低。[7]

十

神石沟门一望之，两千年后渊明诗。
楚山腾入燕山界，刚好菊黄松绿时。

①吴山同志任村支部书记、村委会主任三十年，于家乡面貌之改变出力甚巨，可谓农村干事创业之能人也。

②神石沟以石胜，怪石矗矗，本天生放置，人意巧为演绎，方生趣味。

③石上多有题咏。

④沟内有石椅、石棋、石图、石梯等去处。

⑤巨石幽洞，多附会传说，摩石题刻，每赫然在目。

⑥奇石乃大自然千百万年造化，随人意幻想成熊罴犬马，古今惯例。

⑦农家田园游日见活跃，各地皆然，唯得山水、田园、农事、风土真趣者为胜。

山村亭子歌

青龙满族自治县平方子乡二道河子村是县内闻名的文明生态新农村，村内矮堞界道，曲径光洁，粉墙有诗歌图画，戏楼出村曲和音，童叟嬉嬉，花果累累，庭院静静，树荫深深，好一派清宁景象。村头一桥跨水，星月映河，东山松亭峙立，古趣盎然，真一似桃源世界。有勤劳村民，多观光客人，朴风新景，别致生焉。

第四、五届县人大常委会主任张耀义同志多年中为家乡建设尽心劬劳，出力不小，携原县法院院长张华同志筹资于村东山古松下建亭，为村增色。今并诗以记之。

通衢百转驱车行，看山容易见村停。
一村百户观者小，清流曲带桥飞汀。
黄瓦牌楼迎客立，桥头赤石勒村铭。
满族流裔三百载，瓦房合院尚典型。
入村未觉夹道窄，路平如镜喋界町。
粉壁青墙俱图画，新风旧俗眼中聆。
叟曝童追都取乐，喜人鸡犬亦清宁。
中央戏台巍峨立，筝琶入耳响丁丁。
客讶小村真和美，桃源何世许曾经。
展望村周足风味，郁郁东山似翠屏。
大木两株颇挺立，巨盖童童叶青青。
西阳浮染琉璃色，虬枝铁干覆双亭。
先睹为快登脚慢，蜂腰曲径连阶庭。
飞檐四角擎四柱，雕梁下挂画中棂。
摩挲环顾心生翼，驾空红日水灵灵。
亭上雀语久细碎，枝头喜鹊睡忽醒。

县内此亭占高古，建者费力惜惺惺。
山霭炊烟渐融合，穷巷牛羊归门扃。
我亦还家恋不舍，归来总有心荧荧。
是夜方床梦风雨，护亭老松斗雷霆。

正月十五日行大风雪歌

青天正悬白葡萄，流光洒洒波能播。①
心痒手拙吟且苦，夜清思远眠难操。
朦胧一觉梨花国，冷多香少声嘈嘈。
忽惊窗外花飞舞，长风吹雪雪敖敖。
千山万树白烟起，洒盐飞絮徒吟骚。
坐屋如船浑浑里，吞天拍地共洪滔。
风隙野行微羽动，雉惊乱走雀欲高。
咫尺平冈危惮上，没膝阻胫腿拔篙。
疾风大片旋复至，徘徊怅叹人如蒿。②
移时冈头真鹤立，临风玉树挺坚牢。
天亦有情偏造化，须臾风定雪平槽。

天地一人意浩荡，寻诗寻我兴安逃。[③]
久矣无诗绝自然，[④]闭门觅句[⑤]光不叨。
廿年未见泼天雪，廿年律细诗罕淘。
古以雪来为祥瑞，养泉润地沃肥膏。
去年农税免全国，[⑥]今兆盈饶春雪豪。
丰收千古农家乐，豕欢人醉得糟醪。
还家更看儿童喜，雪球乱打沾红袍。
户渐掌灯山吐月，天开地豁无尘毫。
明轮皎皎[⑦]人成籁，翻天覆地息一毛。

①韩愈《八月十五夜赠张功曹》："清风吹空月舒波。"
②姜白石《昔游诗》："疾风吹大片，忽若乱飘瓦。"又韩愈《醉留东野》："自惭青蒿倚长松。"
③钱锺书《寻诗》："寻诗争似诗寻我。"
④陈与义《春日郊外》："疑此江头有佳句，为君寻取却茫茫。"
⑤黄庭坚《病起荆江亭即事》："闭门觅句陈无己。"
⑥二〇〇六年开始实行全国免征农业税。
⑦张若虚《春江花月夜》："江天一色无纤尘，皎皎空中孤月轮。"

白雪吉羊歌

青龙南山，起伏无边。山毛地骨，松青石顽。佳时应雪，挂树结缘。著吉羊相，取大庄严。羊本弱质，合群能坚。攀爬岩石，登登以前。山亘太古，巍峨向天。峰擎老木，谷响流泉。天飘大雪，裹絮绵绵。兜罗妙现，刚柔相兼。山兮羊兮，一壁两全。吉羊白雪，瑞象连连。携众生者，入乙未年。

丰年发瑞象，念头屡相左。
忽有壮观出，洋洋遗你我。
茅草被棉絮，林柯戴云朵。
晶莹满世界，松翠点青琐。
羊乎尔何来？荦荦登坎坷。
攀岩劲脚胫，踬地耐颠簸。
低头行络绎，簇群宜为夥。
我尝观此山，龙虎奔或坐。
倚地顶天起，尘土担重荷。
山骨衔玉质，山毛结花果。
不忧风雨来，岂畏雷电祸。
此羊与此山，刚柔分水火。
处世俱有力，缄口非懒惰。
白雪覆山林，吉羊立不堕。
上方矗宝刹，庄严颔许可。

杏花甫开漫天风雪用苏轼黄州海棠诗韵

青龙素有“八山一水一分田”之称。山坡地头，遍生杏株，清明时节，粉红雪白，赏心悦目。今年杏花甫开，忽有漫天风雪，虽有“冻杏花”之说，每年候验，当前景观，仍惹惊骇。北人见梅比杏，今逢杏艳学梅，真齐物之一证也。亦“青龙精神”之观照写生欤。

青龙满山硬杂木，冬睡未醒各幽独。
与地为被与山衣，画里荒寒不村俗。
其中杏株爱常见，山角地头连沟谷。
清明时节始花开，照水照山照农屋。
花蕾粉红花洁白，白似雪颊红腮肉。
红红白白俱娇嫩，美人青春比不足。
天生尤物秀而野，妆点山村清且淑。
造物弄物还游戏，贪看绝艳仍号腹。
忽遣漫天风雪来，故把春花等松竹。
松竹有时亦衰朽，花兮花兮瞠我目。
六花包裹变雪衣，绝似海棠冠西蜀。
雪片飘飞花不飞，齐天志直比鸿鹄。
清绝胜绝太稀罕，百年偶遇歌此曲。
北地杏花学梅花，今日纷纷骇睛触！

杏花歌

俗语“一花一世界”，亦即“一花一生命”之变调。青龙杏株满山，与人为伴，清明时节花开满眼，乃一年一度百物更新之佳境。宁不美于苏东坡之“活火新泉”（《试院煎茶》：贵从活火发新泉）乎？花以喻人，诗中惯例，今以满山杏火春来复苏之欣欣生意，比一县万民脱贫创业之蓬蓬鼓舞，又占着本地风光，不啻天生好例，何必囿于东坡诗意哉！二〇一九年清明节后二日记。本二首用范成大《江源县张季长正字家善须堂》《玉华楼夜醮》二诗韵。

一

青龙好风光，客来欢追逐。
清明气清和，早花万目瞩。
杏忽漫漫来，可比南国竹。
山林破东睡，娇艳惊画轴。
空山着此花，故家忘乔木。
春草生花下，无人看陆陆。
篱外三两枝，光华照老屋。
新水取花影，粲然一枝玉。
古人称甘棠，治理重民牧。
今我得微官，满县花前祝：
万花等万民，顾惜莫踯躅。
一花一活鲜，与伴不孤独。
群杏即百家，生生此曲录。

二

杏花满满人遭周，赏花一必登高楼！
无限风光最上头。
东来紫气香浮浮，四方八面风飕飗，
花前一醉三千秋。
临水之湄河之洲，看花拨水数蜉蝣，
花非菌蟪不知休。
我来花发颇相投，不须羯鼓锵鸣球，
花劲贲张清且遒。
在山漱石涧饮流，明花善补林泉幽，
饱卧家山作壮游。
新花养眼灿然收，玉雪红云为我留，
心旌荡欲鹰脱鞲。
好花骨格标山丘，人间四月洗顽愁，
心底心尖护之尤。
花兮花兮纵我遊，青龙簪花飞素虬！

祖山望海禅寺重修呈刘玉宗同志徐汉有先生

刘玉宗同志是祖山风景区的发现者，也是宣传开发祖山的开拓者。对久已倾覆的祖山望海禅寺，更是资料整理及遗址发掘和修复重建工作的开创者。二〇〇八年，在河北鸿舟集团董事长徐汉有先生的主持下，祖山望海禅寺得以重建，于二〇〇九年六月二十日举行落成开光大典暨金光明灯祈福法会，一时间宾客云集，盛况空前。诗以记之。

曩昔祖山游，微微诗与俦。
树石仍槎牙，影响肺肝揉。
字未喷珠玉，照水成翁羞。
恨不九华扫，一笔千峰收。
重来玩其间，山意真悠悠。
面目识非识，屏壁新列侯。
旷荡随所喜，险峻谁与谋。
烟云时覆盖，百境万瓯窭。
缠绵雾里人，思绪理难抽。
追隼冲天势，方圆括一眸。
参差参机运，丘壑实胸陬。
惜哉难为取，造物竟不投。
踌躇咨嗟间，山灵为释囚。
刘徐二先生，手眼得天筹。
藏山于梦泽，驭电起鸿舟。
巍峨百里山，化成绕指柔。
山势添偃蹇，水意起吟讴。
花自足芳媚，狸与人绸缪。
更有千古事，古庙得重修。
栋梁聚华采，金光著佛周。

青红填粉壁，栩栩万尊遒。
僧自远方来，鸟辈声啾啾。
津津古眉目，喁喁发群喉。
一已侧其间，起灭争浮沤。
万念故纷挐，风幡扰不休。
百欲住七窍，动则起戈矛。
观乎僧与像，安稳固山丘。
譬世为一海，心自浪中洲。
万波为推挤，出没随沉浮。
慧光现纤毫，照我痴与求。
群灯摄一相，水泡与木瘤。
汝自能不动，盈缩任浪头！
人与山为傍，大道许心偷。
软红尘土外，央央树为畴。
炎世消烦溽，喧嚣止寇仇。
凉风起天末，泠泠贯清秋。
我来得一悟，形影只少留。
明日还家去，快如鹰脱鞲。
刳肝与沥血，新诗为佳酬。
为说难能者，滂沛臆交流。

祖山谒蒋子龙先生有诗并呈

二〇一二年暑夏于青龙祖山幸谒蒋子龙先生，皤皤国老，顾盼生姿，耳聆目濡之间，殊觉沾益。驹影鸿爪，唾珠得拾，辗转清夜，成诗六首以呈。

一

入眼风霜三十年，笔花墨雨蔚能传。
炊沙煮石庖丁手，红豆青珠粒粒圆。

二

蓬勃一老卧津门，竹几都成钓石温。
世态牛皮须看透，文心具眼本耶根。

三

渠溜汤汤泽世文，龙睛凤目点还勤。
飞天破壁暾暾日，辛苦自能将一军。

四

握管吟笺日策功，磨人磨墨白头翁。
斩藤活结刀锥利，都在先生一笑中。

五

莞尔相逢易渥丹，祖山老岭等闲看。
快晴曝背佳时节，杯酒论文唾不干。

六

腾腾筋力汗团团，慢脚难拼十八盘。
国手峰头招后队，高亭原未有高寒。

青龙杂咏诗

这组《青龙杂咏诗》共二十四首，原本分两次写成，并在《青龙诗词选编》上发表。诗的内容反映二〇〇五至二〇一〇年前后，李学民、张立群同志主政青龙期间，青龙城乡面貌发生的明显变化。后起山城，瓮斗之间，原本简素。但数年中，红瓦白墙，高楼笋出，街灯溢彩，层城列户，给人恍如隔世之感。更不用说引水绕城，分山入市，坐客行商，朝至夕还。又有春花秋果，蝶阵蜂衙，家燕城乌，鼓蛙鸣嘒，融自然元素于社会发展当中，真现代城市建设之匠心杰作。至于乡村社会进步，山青水碧，鸠燕飞来，车回路转，灯火腾腾，穷根亦多少拔出矣。

一

层层碧树滤黄沙，二月莺来已改花。
后起山城小于斗，而今华屋列蜂衙。

二

继踵成流此亦街，分山入市路新排。
明星走晕灯消夜，鼓荡风来气最偕。

三

水裹山萦住亦佳，无穷活计善生涯。
人家六万增薛下，犹有鸣蝉与鼓蛙。

四

胡脚蛮腰各擅场，街头歌舞晚来忙。
天心未老添儿戏，一霎淋漓伞未张。

五

暖风晴日栗花香，鼻观新闻逗眼忙。
窗里画屏读三段，东西南面翠浪浪。

六

利涉熙熙奔小康，城乌家燕惯行藏。
新楼老树安巢罢，更看儿童捉柳忙。

七

夜来风雨觉沙沙，焦卷满山争吐芽。
马息波消声渐远，守农望岁意犹奢。

八

日脚渐平山见苍，华灯百列放崇光。
流萤转夜学猫匿，五彩飘风倏注廊。

九

啾啾磔磔起喁喁，北调南腔隔座逢。
坐客行商呼搏髀，青龙紫风看吾侬。

十

雾走山来白转青，西阳飘马驻高亭。
瓮中迷闷看经日，眼底层城忽列屏。

十一

四向家山一顺明，杏桃梨李惯逢迎。
车流乱眼塞街巷，扑面生人数不清。

十二

鸡声不恶似当初，太古山容豹变无。
五彩繁华临世界，万人抚掌一胡卢。

十三

月傍东山露彩头，半天焰火一城眸。
可怜光彩摇门户，元夜今年最上流。

十四

远山凝紫龙嘘气，近水呈红日吐霞。
又是一年春好处，满乡随处发新华。

十五

暮云朝雨洒春风，气象邀来造化功。
欲睹青龙鳞甲赤，土膏一动万千红。

十六

冀东起伏乱山雄，一鹤孤明鸟道中。
大路盘旋通四向，行车如蚁快追鸿。

十七

寒林郁郁起鹰盘，一片红阳抹翠峦。
转出村庄三五座，近来风景耐高看。

十八

昏晨盈耳鸟声留，楼宇流光映树稠。
凿水德功分禹力，绕城一带足清流。

十九

山常吐水主清流，莲易生华不待谋。
市井喁喁闻吉语，酒浆饭颗络衣裘。

二十

青山绿蒲古边州，地宝塍禾丰易收。
俊鸟出林鱼在水，也应地上见钱流。

二十一

语言新进朴存留，风土此间觉变尤。
人物一时齐似颖，天开形势学猫头。

二十二

太白一声矿冶歌，紫烟红火照郎多。
高炉铁水黄金斗，今日铮铮炼曲阿。

二十三

骇浪东奔绿一宗，春蚕秋栗福邀冬。
山松地稼村杨柳，玉兔金鸡报我农。

二十四

未必春秋海一头，南风北向气方遒。
万家灯火腾腾夜，青简从来记胜流。

秋日农家杂兴十首

青龙地处燕山山脉东段，素有“八山一水一分田”之称。农业生产、农民生计、农村面貌，历来为社会形态之重点乃至焦点。二十一世纪以来，土风易变，环境日新，速度之快，人所共见。民之温饱，“夥颐”（旧时农村口语。与《史记·陈涉世家》中庸耕者见涉所言同语同义）在口，县之小康，了然可望。饥荒年代儿童所企盼之外家梨栗，自家饼饵，当今时日，绝无焦渴矣。拟古人诗体，为此《秋日农家杂兴十首》，亦风者之为，善声之寓也。

一

梨子熟时板栗[1]香，矮株不用棍敲将。
垅沟衮衮堆肥紫，着落比人一倍忙。

二

藏身纸袋事不关，也作鸦巢蜗屋看。
浴日叨光才几晌，晕红已裹面脂丹。[2]

三

稻芒谷秀望依依，思雨思晴百不违。
洼地水流高垅润，连云一例穗头肥。

四

金黄灿灿挂庭廊，颗粒匀成晒一场。
仓敖只今无储处，晶晶云子[3]日撑肠。

五

豆荚收来吐滚圆，赤青黄绿[4]色能专。
相思百万餐桌上，身价遥遥五倍前。

六

连棚菜甲绿萋萋，春韭夏瓜色色齐。
飨客堆盘大方便，三秋四季国东西。[5]

七

风枝露叶水精寒，龙眼荔枝比不难。
主客都来破颜笑，肥甘菜果寻常观。

八

牛豕膨亨懒不顽，羯羊彩雉望青山。
养家六畜新消息，圈舍连排布阵间。[6]

九

门窗不掩放天青，穷二连三湛大星。
海上一轮才涌出，山村早觉水泠泠。

十

八山一水一分田，[7]风土宜人惹爱怜。
气象日新显能耐[8]，天教我辈谱薛笺。

①板栗、苹果、稻谷、玉米、杂粮、大棚蔬菜均为青龙农业之主特产品。青龙板栗是燕山板栗的代表品种，以香糯可口著称。除老树老品种以外，有河北科技师范学院培育的新品种燕秋、燕紫、燕丽、燕龙等陆续栽植，枝头肥紫，落地珠圆。

②谓苹果套袋生产，以避虫雹之害，果近熟时去除果袋，使之着色。青龙昼夜温差大，水果糖分高，晚秋时节，胭脂满坡，纷红深绿，景致佳胜。

③范成大诗“晶晶云子饭，生世不下咽”（《劳畲耕》），说古代穷苦农民劳作一辈子也吃不上一口精软的白米饭。俗语“民以食为天”“衣食住行”，衣着关乎礼体，食物支撑生命，民之温饱，国之小康，古来柄政者之大旨也。

④杂豆丛丛，赤青黄绿。农地补边角，农事生余趣，农民增收入。

⑤一地佳物，一县土产，流通四方，已属寻常。

⑥牛羊猪鸡，舍饲圈养，规模宏大，可谓从传统农业向现代农业转变之标志。

⑦青龙古来就有“八山一水一分田”之说。

⑧“能耐”亦老一代青龙人口语，盖满语之流转也。

陪于立增老先生游都山祖山有诗并呈

二〇一一年金秋时节，天高气爽，地籁声和，秦皇岛市诗词学会会长李守森先生携吾等十数人从于立增老先生游青龙都山祖山，都挺西北，祖压东南，晴则翠海遥连，雾则峰尖露立，置身巅顶，放眼驰怀，远物寓目，纤毫入心，虽非超尘息机，亦遗世以忘忧。于老为市内诗赋名家，风霜巨眼，老而好学，秉烛命笔，集内悼亡诗、秦皇岛赋、山海关赋流传有声。“石火光中，短竞长争。蜗牛角上，较雌论雄”，蜂刺蝶须，合成钗股，化俗为雅，擘古创新，真善能变化者。是时也，吾一行人鼓腹而游，联袂而歌，其乐融融，于红叶白石，杜鹃木兰，鹊影涧声，松根崖壁等，皆着思绪。后成诗十首以献，以风物之格，称诗老之德，骥力愿心，二美能并，亦佳事耳。

一

红叶金秋舞且掀，皤皤一老走峰巅。
诗行笔阵君子国，我亦兢兢捧雪笺。

二

斜日骎骎树影斜，清风林下浴能奢。
山花山草岂终极，乡土人情处处夸。

三

放眼登高兴自狂，少年情境渥留芳。
异哉一纸秋声赋，唧唧和鸣百绕肠。

四

菜把灯花宿世情，妆台许卜慰今生。
络崖咬石松根在，抵掌加额数鹊营。

五

九秋八表绚金澜，飒飒青枫领足丹。
谁谓风流独标志，摩天绕谷拥苍官。

六

人言祖山似黄山，柱石擎天旷古顽。
大块垒胸亦丘壑，老苍雪鬓约风鬟。

七

石乳山髓百道青，洗心洗肺耳能聆。
渊潭跳出龙身手，雨脚云根接北溟。

八

高寒风露水肥催，遗世忘忧长石堆。
幽木佳人牵锦绣，人间诗老探花来。

九

蓄草钻窗事可观，焚香扫地乞心安。
尘尘一觉弥天梦，空外霜钟足喜欢。

十

石苔树挂粲生莲，老眼童心处处妍。
腰脚踆踆驱使便，山都岭祖且盘旋。

考核行

新世纪与日俱新，好年头逐人奋进。时至岁末，县委派出十余人结组赴乡镇考核。考核者，考核成绩，评量干部，举荐人才也。余生长农村，毕业参加工作后，对农村生活和基层人事渐有隔膜之感。近年来几次下乡进村入户，对基层干部的辛苦，普通农民的质朴，部门工作人员的勤奋与敬业，豁然有悟，并自诩为值得骇异的新发现。以前对乡村两级基层许多人和事的认识，隔靴搔痒，看花隔雾，甚至有“胡不食肉糜”之想，殊觉可笑。

我国老早就有“民为贵”的思想。西班牙十七世纪大作家塞万提斯在《堂吉诃德》这部小说中借主人公的话说："您别以为我说的庸夫俗子专指平民或卑贱的人，凡是没有知识的，尽管是王公贵人，都称为凡夫俗子。"我们知道：人民群众是真正的英雄。人民群众才是推动历史前进的真正动力。我所景仰的著名学者与作家杨绛先生在散文《第一次下乡》中说："也许因为农村的空气特别清新，我国农民的血液是最健康的。"其实，文中农民的表现，不光有健康的血液，还有健康的体魄和健康的精神。著名作家贾兴安在河北省临城县挂职副县长近两年后，在《河北作家》（2006年第2期）发表文章说，以前在思想和作品中对"官场"中人有实实在在的误解，置身其地之后，才发现他们"都是辛辛苦苦在干事的"。这里的"干部"，指和他所"挂"之职同一级别的县级和县级以下干部，从国家整体来讲，也都属于"基层"或者"群众"的范畴。把这几种不同层次和角度的思想片段聚拢在一起，也许能抽析出这篇作品的主题。

三九冬深月，辚辚出大厦。
一组十余人，行行赴乡下。
下乡为考核，口问手中写。
初见多拘束，俚言间文雅。
里曲贵率直，渐有滔滔者。
农林工商政，利病求正①也。
评人论短长，口多声不哑。
明镜未堂悬，秤杆胸中把。
左近看鸡猪②，踱步至农舍。
空林冷白日，疾风时鸣瓦。
收成聊有年，欢愉探不假。
随手取瓜果，拔火③暖回赭。
霭起牛羊归，倚门弟呼姐。
学诗未谙陶，千古农桑社！
陶诗得平淡，眼前谛境若。
归来臆不平，丝丝欲沾洒。
曲岸漾④清流，清流洗意马。
感彼赤子心，散我肠腹瘕。
天下本澄清，⑤休叹英雄寡。⑥
问天学子曰：礼先求诸野！⑦

①《论语·颜渊篇第十二》：“季康子问政于孔子。孔子对曰：‘政者，正也。’”

②我国古代有“猪不入画”的说法，当然也不甚入诗。即便入诗，也不过和胡屠户手上那“半盆猪油”一样，都是和人们甚至鬼神口腹沾边的对象。如陆游诗中“丰年留客足鸡豚”，范成大诗中“卮酒豚蹄”之类，都是作为“活物”入诗，如范成大诗中“黑羖钻篱破，花猪突户开”那样的描写，比起鸡和犬——且不提牛和羊——在数量上也要少得多。比如这位写到“猪”的范成大，在差不多代表中国古代田园诗最高成就的《四时田园杂兴六十首》里，随手就写出“鸡飞过篱犬吠窦”“随人黄犬搀前去”这样富于生活情味的句子。这个传统到现在似乎也没有被打破，但“猪”这个上不了台面的东西，和农民乃至多数人们生活的关系，着实要比鸡、犬、牛、羊等同是人们饲养的家畜密切。顺便说一下，我一直顽固地认为，新中国成立之后，尤其是改革开放以后，同是反映人民新生活中正面精神风貌的文艺作品，画比诗和小说来得要好，其中一部分原因就是上面提到的这些作为人们审美对象的“畜生”，在画中与人和谐共处的情态表现得好。但其中同样缺少“猪”。至于被商家炒作为“金猪”之年的农历猪年，商品“猪态”百出，又当别论。

③青龙民居仍以旧北京四合院式的瓦房建筑为主，冬日取暖，未安装暖气者，多以木柴未燃尽的炭火一盆置于炕中，来人进屋后习惯上伸手去火盆上面取暖——《水浒》里所谓“向火”（如第四十回《风雪山神庙》场中“只见那老军在里面向火”），而主人用火箸拔聚火炭让客人烤暖，算是一种礼节。

④冬日河未全封，水出于冰，流而复冻者，青龙俗语谓之“漾”。

⑤苏轼《六月二十日夜渡海》：天容海色本澄清。

⑥姜白石《昔游诗》：徘徊望神州，沉叹英雄寡。

⑦《论语·先进篇第十一》：“子曰：先进于礼乐，野人也。”

扑火记

积数十年造林绿化之功，植被日厚，山火易发，为害迫急，北方尤甚。每年冬春季节，基层政府及干部群众拿出精力，护林防火，不敢稍懈。今年四月一日上山扑火时，余不慎摔伤右膝，卧病数月，忆登山救火之情景，每生刿心鉥肝之思。想那些奋不顾身，突烟冒火之扑火队员；探路登山，挥膊上阵的各级干部；背饭送水，扫除余烬的老乡群众，其心也赤，其情也诚，配合无间，融融一气，大有打一场战无不胜的人民战争之气概，岂焰山火海所能阻挡耶！而春风吹绿，夏雨生林，又令人喜不自禁。病中成诗十六首，粗心钝笔，怕不能道出火线中人感触之十一，憾终存焉。二〇一二年上山扑火右膝摔伤骨折，端阳卧病中笔。

一

野花野草郁重重，过夏经秋复历冬。
更有黄茅穷点缀，地皮山骨最雍容。

二

太平时节近清明，齐物百端争一并。
潜绿蛰红都努力，劳人早晚起坡耕。

三

净地[1]掇毛动万家，朴风古俗易难拿。
簇烟堆火星星在，稔穗丰年望最奢！

四

地头沟脑万亭亭，树木森张自列屏。
逸火上山真野马，风搔叶助起雷霆。

五

火最撩心舐不停，古稀父老叹曾经。
弄权造化遗天笑，噫气添风势建瓴。

六

四面人来鼓与呼，胸中丘壑腿功夫。
巴巴我亦登山者，枯木前头望朽株。

七

层层焰火恣伸张，兀兀枝条转眼光。
奔火突烟好身手，心焦汗滴一逢场。

八

山头相望火腾腾，烟柱盘空鸟不胜。
十里八村人面善，背粮送水百斤能。

九

卷毛灰脸惜惺惺，止渴三人水一瓶。
赤子心怀开口笑，衣衫终敝眼终青。

十

鸣禽百啭说家回，颤抖荆榛看化灰。
人重如山肩上起，同来负我伴同归。[2]

十一

看山回首意犹强，火线弥消抵死狂。
砾石断金岂无意，逞能争胜破天荒！

十二

矮床卧病日如年，扪腹叩膝思百便。
清浅梦中惊坐起，烟青火绿沸蜩蝉。

十三

餔啜端来味已甘，坐穿一榻得深参。
人民百战同心力，九万飞天溟转南。

十四

闭门听雨卧游山，气概于斯只等闲。
窗外看看都绿透，百花应笑错斑斓。[3]

十五

闲想儿时老瓦房，燕巢雀住亦佳乡。
唤醒催睡真和气，喁喁啾啾语不忙。

十六

计日无聊起不平，龟毛兔角斗心兵。
滚汤镕铁熊熊火，炊饭烘炉是正经。

①北方农村老一辈农民于春耕前有“净地”习惯，即把秋后未收拾干净的秸秆、茬根、茅草等逐一清理。随着生活条件的改善，这些地毛细物，不再运往家中“烧火”，而是就地点燃，取灰肥地，偶可引起山火。

②余右膝伤后不能站立行走，有扑火队员负余下山，越崚嶒石，出白毛汗，牛喘蛇行，甚为感愧。

③病房窗外小园有杂树十余株，枝梢微露间每挑人心眼，虽辜负山野芳时，亦聊补清趣。今年雨水较常年为多，夜雨霖霖中辄生佳思。

青龙抗洪歌

二〇一二年夏，青龙遭遇几十年未见的洪灾，在俗说“七（月）下八（月）上”的连雨季节，山洪暴发，河水陡涨，冲田毁屋，坏堤裂岸，山区入眼雨潦，北地顿成泽国，于儿时悬河决口，波涛翻滚之记忆，有过之而无不及。面对汹汹而来的洪水，上下齐心，干群团结，抗洪灾而升正气，战艰险而结同心，好一幅抗洪英雄图！又：有久旱必雨之龙水相济，亦必有人民合力之桴水相应，造化弄人亦育人，人虽不定胜天亦必争之，加减剩出，天道即人意。再，为诗之道，诗法不悖自然，眼前景，心头语，缘众情而言已志，岁熟而诗成矣。

壬辰漫长夏，九龙未息劳。
摇头复摆尾，阴雨苦未挠。
淋浪半夜听，沟渠已平槽。
乱流入城市，乡村泽周皋。
笼统一地水，满耳声滔滔。
河道排浊浪，田垄藏鱼鳌。
望空萧萧劲，踏地泥稀糟。
飞行两不利，鸟兽都哀号。
可怜声薄细，邻比顾身逃。
造化返古耶，洪荒恃粗豪。
至柔销山骨，上善毁地毛。
如何天不省，浪费水汁膏！

邻村三五里，一县千万家。
两乡无界埂，呷呷杂鸡鸦。
上山问果木，下地间桑麻。
春秋多佳日，昏晨有余暇。

沉阴注淫雨，庭院响池蛙。
滔天来洚水，屋瓦战齿牙。
当面伸高吭，对门溪蹊斜。
乡亲略聚议，村组动迩遐。
青年取树木，低岸固能遮。
老者定方案，隙漏堵枝丫。
妇女齐上手，掘土拣石沙。
捍堤减水恶，蜂蚁护巢衙。
团结出力量，群众应高夸！
田园瓜圆滚，秋晚表余花。

豪雨真侠客，旬月袭青龙。
云翳罩锅盔，当值无厌慵。
行政即秉轴，千钧力能从。
决策恰当时，灯光照夜重。
干部下乡村，火急追水踪。
指挥靠涯涘，碰面呼重逢。
困极催薄睡，倦眼看惺忪。
部队最前线，临阵惯从容。
救人出污潴，涉河水侵胸。

兵哥真子弟，军民情意浓。
同心结同力，号喊古铜钟。
政以人为本，泰岳重我农。
酷哉劳动场，膈臆泪沾春。
和暖忽晴日，养眼压山松。

北京大学学生赴青龙社会实践活动有感用钱锺书《游雪窦山》韵

二〇一四年初夏，经九三学社中央组织，北京大学二十余名学彦，驻河北省青龙满族自治县双山子镇三合店小学，践行由北京大学研究生会发起的“润知”公益项目活动，比肩联谊，捐书助学，课堂传带，操场演讲，三数日间，济济一堂，融融气息，与小学生多有沾溉，于大学生亦得而相长，成山村小学未有之盛事。房前桃李，墙角梨杏，或灼灼其华，或田田其叶，生意满园，欣欣相向，今日之嘉英必明日之佳实，则此活动之绝好象征也。余旁观其外，又忝列其中，援笔成诗，助盛事之逸兴。

第一大学府，心往脚不许。
昼夜苦思念，滋味等梅雨。
神健力有余，牛踏旧埂土。
如吾好事者，天大肯容与。
忽有好音来，吃吃喜自语。
硕学众俊彦，下乡结伴侣。
嘉英和春气，洽洽并诩诩。

愚公时有人，屹屹挖山势。
倘无挖山者，积尘终涴世。
当代大学生，兴趣饶佳致。
社会大课堂，更有树人意。
万卷与万里，转益方到位。
多学又多师，知识善准备。
纷葩天下尤，济济旺心智。

山村小螺蛳，操场大画布。
涂抹众学子，蚁勇比蛙怒。
人生烂漫时，痛快易倾吐。
濡润亲无间，朝夕匆匆度。
我虽旁观人，特特喜来晤。
兄弟差比肩，欢乐都顽固。
一日三秋兮，清谊即长路。
京庠与乡序，结对如夫妻。
桃杏堆累卵，可意压枝低。
劳生得佳境，出处别开蹊。
守常雄契阔，践履雌迷离。
我侬安在哉！筋力行不疲。
春胸奔电马，适野换毛皮。
孔雀东南飞，群山簇拥西。

大雨入村查看靠山居住地质灾害点农户

二〇一七年七月二十日，青龙终日大雨，禾苏焦卷，人添焦乱，滂沱雨阵中，全体县乡级干部防汛查险，走村入户。

大雨浇城乡，窄窄路一线。
驱车入山村，忽忽刚行半。
溪水涨浑波，夷途走危栈。
向来好山光，焦心非旧观。
银箭挂檐溜，矮屋添愁面。
排门连三户，泥脚刚踏遍。
仰天看沄沄，河漏犹目眩。
住山还几家，短胫敢生倦。

大汛中驻乡走村有感拾忆

二〇一七年七月下旬以来，连绵大雨，枯木生菌，河水陡涨，山石流泉。然大汛而无大灾，毁物而寡及人，宁非青龙全体干部群众齐心协力，抗洪斗争之成果乎！

一

处处低洼积水，家家门壁绿苔。
村户巡行几过，客容作主重来。

二

雨丝勾连雨脚，水流坐地成湖。
毕逋刚风四处，坏巢忧鹊惊乌。

三

我怕飙轮激水，有人泥泞推车。
亦有翛然去处，汪汪随处生鱼。

四

花狸抵前昵昵，黄犬退后狺狺。
三宿何论桑下，客来石倚车轮。

五

风舞撼床催起，滩声彻夜夺眠。
水势是增是减，观河有人在焉。

六

蝶湿两翅怯舞，蜂藏一户不喧。
正好人家避雨，鸡鸣犬卧专门。

七

畦圃土松水饱，绵绵雨雾不收。
今年眼看大熟，翁老三秋话头。

八

起泡灭沤调和，截流削减万波。
治水永参禹事，忻闻善病维摩。

九

顶雨搬家作难，乡亲或有怨言。
吉卜愿心透彻，禾秧树果莫论。

十

熟者叨叨言事，生人闯座相陪。
相邀雨销水退，切瓜温酒还来。

十一

雷鸣电闪四邻，夜裹洪荒中人。
水鬼山妖无碍，担头正有好春。

十二

事走终南捷径，腹藏便宜诗书。
乡亲谆谆寄语：“修好积德”起子。

十三

浮鹤飞云得意，水光山色称心。
淫雨沉酣半月，遮天多少光阴！

十四

防汛万家安度，催晴非我能劳。
些小一枝一叶，莫言兔尾鸡毛。

十五

蟆语蝉声鼓唱，粗腔细韵周遭。
驱溽转安旨意，与人试比低高。

袁莉赞用杜甫《羌村三首》韵

袁莉同志，出生山东聊城，嫁到河北青龙。夫妻恩爱，儿女咿哑，一家老少，和乐融融。奈何天妒佳器，丈夫兄弟二人均遭变故离世，公婆老病，子侄嗷嗷，一家吃穿养教，全落一人肩上。造化弄人，磨难成人。袁莉侍公婆，教子辈，养家糊口，操持内外，并丈夫堂兄弟家留守侄子二人亦一并照看，二老五小，千钧压顶，独力支撑，酸心劳苦，默然承受，大有古来烈女风范。此行此德，宁非人群俊颖，鸟中凤凰乎！袁莉家住青龙满族自治县凉水河乡救军炮村平顶山下，巨峰突傲，石壁擎天，山顶平旷，有泉甘洌，四季不竭，来者急饮，冥冥中亦人之刚强品质，泽世精神之象征也。救军炮村松青占山，梨树满坡，百年老树触目可见，梨花时节，花光映天，洁白照夜，不特风景绝佳，也是青龙素朴民风之缀影。二〇一八春，梨花盛开时节赴救军炮村看望青龙教育局驻村工作队陈建强诸同志并袁莉同志感写。

一

好女初长成，打工赴外地。
联翩有姐妹，工歇团团至。
甘苦叙经过，惊笑还赚泪。
幸自绊红线，姻缘美能遂。
千里想父母，还家偶歔欷。
青春肯回首，日子如梦寐。

二

夫妻多恩爱，劳动有兴趣。
儿女比出生，欢辛随来去。
游鱼绕池荷，宿鸟鸣宅树。
忽有惨事来，变故极焦虑。
一家殁二男，存者泪雨注。
号扑问苍天，憔悴一旦暮。

三

小辈正成长，大人心斗争。
生为破家人，复作荒山荆！
止悲重振起，公婆观节行。
理事在勤快，破烂掇拾清。
子侄续学业，口食给身耕。
贫家百忧解，支撑如长征。
老少重欢笑，洽和感真情。
女子铁担当，闻者泪纵横！

赠张俊文先生诗五首

张俊文先生，雅好清玩，物格深透，日久生情，积习成癖。变锱铢积累之养家钱，为日夜悬心之汲古债。余前曾有赠张君诗二首，于其人其事未觉尽心达意，今再成绝句五首以记之。

一

土脸灰头营造师，六神五凿向书诗。
一堆瓦罐铜盆子，带水拖泥弄不时。

二

偏怜百物俱成痴，漱苦饮甘三不知。
鼎鏄瓶浆滋润手，摸金弹璧夜迟迟。

三

晨省昏参夜宿三，天移北斗指津南。
灵机了悟长分寸，不作野狐方外谈。

四

人情物癖拥狂探，线脑针头世味谙。
不舍五铢留半两，贝多拾取叶装篮。

五

推演君心我未神，算来也是个中人。
天教手眼通消息，动眼常观动手频。

纪念李保国同志

“太行新愚公”李保国同志说：“我是农民的儿子，我看到山区农民过苦日子，心里难受。我见不得老百姓穷。”这是一句感人肺腑的实在话，朴素、真诚、有力，焕发出人性的光辉。更难得的是，他言行合一，行重于言，上太行，下岗底，敝衣决履，劳累颠簸，几十年如一日，树前果下，言传手教，创新摸索，矻矻以求，千里太行披绿，十万农民脱贫。自己从农民中的教授变成教授中的农民。移山填海之志，推人及己之心，愚公手段，菩萨心肠，徼福送财，万家都来。天倘有灵，保国同志驾鹤昆仑，还当魂系太行，护佑东国，为万千农民递送祥祉。

在保国同志生前的最后几个月里，他派出团队并亲自到燕山山脉东端的青龙满族自治县干沟乡，研究更新比较耐寒的“国光”苹果新品种，提出完整的建园、栽种、管理、服务、营销等一条龙式的流程模式，立即付诸实施。今果圃初成，斯人仙逝，神龙若为探望，欣欣果木感知！

一

家国有俊鸟，飞上岫云端。
其志在高远，意不恋华轩。
青眼看山下，三农事可观。
从教敛羽翮，栖托在民间。
登登开道路，得得相与还。
浩然存正气，邪魔不可干。
一住四十载，事业真所欢。

二

农家苦劳作，岁岁望收成。
奈何少机缘，煎煎堕杳冥。
忽有传经者，心孔开自明。
树偏沾雨露，果爱向阳倾。
教授李保国，山农结深情。

三

日日登山来，终年几决履。
苹果剪余枝，核桃新栽著。
知识贯顶门，农民少忧虑。
一次听不足，频繁脚三顾。
巧手更示范，得悟浓味趣。

四

荒山变绿岭，洋洋今见之。
果实真养眼，采采喜在兹。
三年见效益，五年攀高枝。
种者握盈把，游者并粲姿。
春秋俱佳获，闻者奋说辞。

五

太行野而秀，风噫和气追。
保国送财人，葱葱披树衣。
贫户富十万，忻然宜共之。
朝晖变落霞，山头邀与挥。
奈何事迫促，身骨不天遗。
凤鸟返昆仑，迟日浴咸池。
福神护东国，农家西向期。
青龙为探望，归来树亦知！

回忆母亲

——母亲去世三周年祭

母姓李氏，名讳淑贞。世代农户，生小家贫。
舅氏有二，英勇之伦。抗日救国，杀敌献身。
舍生取义，尽忠成仁。母性刚烈，不畏荆榛。
采山涉水，梨栗奉亲。长成出阁，幸会良辰。
当家理给，诸事轮困。下厨下地，盐豉经纶。
压箱藏箧，尺罗串缗。膏馥不继，土布方巾。
结缡摄影，久看弥珍。青春佳致，回味甘醇。
忠孝传说，口角津津。食粥举案，礼数相因。

相教有节，子女四人。羹汤事姑，凉热沾唇。
搭窝扫池，鹅鸭友邻。缝连补绽，落叶添薪。
�拾穗，甑免生尘。口饿肚攒，作晚兴晨。
母生劬劳！茹苦含辛。流年往事，历历莘莘。
萱堂老矣，享年八旬。日月行天，足不逡巡。
北山有松，揉使成轮。南亩有禾，酿使之醇。
东海有石，声振如珉。西方有果，味美鲈莼。
母秉澄怀，春水秋旻。气甘洌兮，白芷青苹。
行方正兮，田野河滨。品高洁兮，拂镜永新。
住桃源兮，曲水粼粼。母流芳兮，七月风豳。
辞称人兮，意可通神。彼佳城地，蔓草茵茵。
母安宁兮，鹿好鹤驯。蒿里之章，献祝冥辰。
母眉伸矣，我笔获麟。

舅氏歌

青龙是抗日战争中日寇沿长城沿线“集家并村”（修人圈），实行“三光”政策的重灾区。更是八路军和地方抗日武装与日寇进行殊死搏斗的重要游击区。我的外祖父李秀，是个老实本分的农民，外祖父家是当时青龙地区带有传奇色彩的抗日英雄张百策经常落脚吃住的坚强的“堡垒户”。我有两个舅舅，大舅仁厚好读书，能唱点青龙左近流行的“皮影”，二舅比较机灵。受张百策等的影响，大舅李祥久在一九四三年参加了八路军，在“区里”工作。

一九四四年夏天因饥饿与另外两名同志在晚间下山进村寻找食物时，被敌人围困在青龙苗丈子农家的“土仓”（装粮食用）里，经敌人多次劝降无效，高呼“宁死不降”，交战至下半夜身负重伤后牺牲（另两名同志一名当时牺牲，一名被俘后牺牲），时年二十五岁。外祖父、外祖母和母亲（当时尚是十来岁的孩子）曾因大舅参加八路军事被汉奸们捉去入过县狱。二舅李长久在大舅参加八路军后，被汉奸特务们逼迫寻兄回家并遭毒打（被汉奸们捉起来头朝下摔打），于一九四四年农历正月十六离家，参加八路军、解放军，在全程参加完东北地区解放战争诸战役后，随第四野战军部队入关进行平津战役时，于解放密云战役中牺牲，时年十九岁。二舅在解放军入关时于山海关曾捎家书一封，此外于参军后数年间无多信耗。外祖父、外祖母因两位舅舅均参加革命牺牲，在解放后享受烈属待遇，两位孤独的老人，经历生离死别，郁愤而终。从二舅牺牲时算起，至今已六十年整，忽忽间两世矣。一世尚电谢尘埋，况两世哉。先烈之血，不应白流，舅氏之志，不能无继。今作《舅氏歌》以记之。招魂咏志，兼得其用。

二〇〇八年冬月记

外家重回首，一门二烈有。
当年烽火燎，光芒出户牖。
大舅李祥久，带书锄田亩。
家贫不辍学，南山耕欲耦。
忠义知梗概，磊落志不苟。
壮怀弥激烈，灌园歌拊缶。
山河忽破碎，鬼到家门口。
朗朗赤日下，鬼火大如斗。
山花本烂漫，竟被马蹄蹂。
田园荒不治，落萁长稗莠。
集家入“人圈”，人作畜牲殴。
当此变态时，男儿发巨吼！
遇有同志来，结伴入山走。

星星聚成火，游击攻或守。
杀敌似除草，铲贼扫如帚。
投身枪林中，生死付之偶。
敌行大扫荡，家园丧乱忸。
渠来鬼剃头，吾民割如韭。
时境百艰难，涸辙嘘蝌蚪。
三日不一餐，觅食救战友。
趔趄下山来，坏足裂两肘。
不期入彀中，人被螟蛾负。
高呼死不降！豪情终抖擞。
家乡洒热血，杜鹃今在否？
心颗大于石，肺肝终可剖！
二舅李长久，志不落兄后。
遇有汉奸来，当面斥作狗。
被逼寻兄回，离家辞父母。
一走即投身，萧萧且赳赳。
日寇灭即绝，战火烧又陡。
解放密云时，牺牲成不朽。
许国抛头颅，烈士年十九！
其家有白头，其室无少妇。

乱邦士如矢，人惜我所取。
哀哉二舅氏，英年不永寿。
壮哉二舅氏，吐气如虹厚。
遭逢家国难，硕白泥中藕。
其生事杰出，其死俊不丑。
人心非金石，转烛与磨臼。
今我为招魂，以诗奠作酒。
鲠鲠一团麻，恢恢梳作钮。
我酒不到土，我词神能受。
促促六十年，百一戌到酉。
梦寐犹可近，影不离左右。
旧时山中英，今日门前柳。
绾我后来人，更增阳刚趣。

怀念于立增老先生

于立增老先生，花中牡丹，人中君子，吾党之年高德韶者。其为人也诚，与人为善，引类呼朋，心口相应，不腻不累；其为诗也群，领军诗社，即事以唱，古意斑斓中收美刺之效，得翛然之乐；其为学也细，书经三探，饾饤成编（《古典诗文名物词知识简编》，中国文联出版社），真青灯黄卷中老而好学者也。余初识此老，于小斋暑汗中，摊书满桌，孜孜以录，用心学问之情状，令人感叹。后每年于家乡左近，皆从其游，登高揽胜，访古问津，于平常人不甚留意之风土景致，入眼入手，掇拾成篇，有采风佐政之流韵，得观鱼弄笔之雅兴，人生之一快境也。今斯人往逝，斯文留存，一睹一忆间，催成文字，痒心蚌珠，椎胸倾吐，为此老，为吾辈，皆胜概之留存，绵绵之绪意也。

平地一声雷，秋尾炸头响。
先生今已矣，音容犹旷朗。
忆昔平生日，骨骏精神爽。
少年最努力，读书劳梦想。
头昏眼眵黑，神驰不骛两。
用心等用世，前途不迷惘。
中岁颇奋进，蜗居心亮敞。
工作求上水，年年业绩长。
侵晨上班去，星月照来往。
德业并相将，人群声希说。
佳偶变鳏身，有子教并养。
履迹沓沓来，羲和敲日昶。
纷纷逐利人，视此徒攘攘！

老境气悠哉，经籍成佳赏。
老学补蹉跎，老形具广颡。
虫鱼辩精骸，生僻罗登榜。
治学真老手，钩沉汇盆盎。
我识先生时，先生脱鞅掌。
风标羡后生，诗句惊吾党。
登临揽丘壑，具眼盖愈广。
风云看吞吐，松青高节仿。
论文书再探，文心每流荡。
一隅三折返，平淡见苍莽。
真个赏奇人，奇文堪共享。
交友贵狷介，良朋抵筇杖。
不可离须臾，坎坷更凭仗。
喜心倒衣裳，把臂倚窗幌。
都云此老痴，谁解心上痒！
今我著此篇，高山止景仰。
拙词同冽酒，例不到泉壤。
海上多悲风，吾心吹晃漾。
此老不天遗，吾心徒怅惘。

怀念葛新同志

葛新同志，河北省煤田地质局领导干部，2013年初，挂职河北省青龙满族自治县人民政府副县长，负责省煤田地质局支援青龙满族自治县扶贫工作。履新伊始，葛新同志入干沟乡南石门村，包村、入村、驻村，以村为家，与民同住。村本闭塞，民苦于行。有明清时期连接华北与东北（南石门村位于冀辽两省交界处，古来已然）著名的“粮马古道”过村，年久失修，于现代交通极为不便。葛新同志会同省煤田地质局帮扶工作队其他同志，忧民所忧，情急生智，多方筹资修建十公里长水泥大路一条。民行畅矣！民心快矣！期间，葛新同志与村民同吃、同住、同劳动，皮皴面皱，发干人瘦，闻子规而念妻儿，沐风雨而裹尘土，间或还家，人几不识矣。仅此一点，其情可嘉，其事可传，其人可赞。而与民交友，济人为乐，谐风气，接地气等处，不遑细述。孰料积劳成疾，英年早逝，群山肃气，百姓垂泪。岂天不假好人以寿耶！人固有一死，古人有泰山鸿毛之说，观葛新同志事迹，其说不谬。毛泽东同志在《为人民服务》所倡言，得其所矣。

一

五十未忧老，赠人勉力诗。
牛城有耗来，九原君往之。
莅县倏二载，下乡无了期。
浴尘洗风雨，村户事详知。
进院熟鸡犬，坐炕数喜悲。
烦碎一嘟噜，挂心忽攒眉。
山乡好风日，处处鸣子规。
君家远千里，无暇不得归。

二

人生数际遇，欢喜得良遘。
青龙偏僻地，佳客遇如旧。
山水有清音，乡亲多赞口。
住村才逾月，皮老面出皱。
不怕管事宽，每说日驰骤。
老农同坐卧，粪土涴衣袖。
气味知彼此，解难无薄厚。
好人重山岳，谁知不永寿。

三

山村湮闭塞，大路每忻羡。
君来恨命修，修成君不见。
人死升天堂，生前苦修炼。
好事做累累，桑下久成恋。
谁云擅者能，历久谁都擅！
小文怀能者，词气无华绚。
天公倘怜许，望秩逞笔砚。

怀念吴俊琪同志

俊琪兄溘然辞世，立功兄作诗以缅怀挚友，嘱我作序。捧读是夜之作，古体诗文，引经据典，情真意切，淳朴凝重，喻理深邃，振聋发聩，荡气回肠。“天欲夺人命，命短真天悭”，饱含难舍之情分，神交之境界，痛惋之悲怆。

忆往昔，吾尝与俊琪兄同窗于平泉师范，共事于青龙第一中学，知遇之恩，亦师亦友。

俊琪兄己亥暮秋生于青龙县八道河村，病故于丙申季春，享年五十八岁。悉数历程，先从教做教师、校长，后从政任镇长、局长，至县政协副主席；追溯足迹，从教于青龙一中、八道河总校，主政于祖山镇、青龙一中、县委党校、县卫生局、县交通局，所任之处，业绩斐然。

“讲肆博征引，眉面无一皱。”俊琪兄，博学闻名，诸子百家，中外名著，如数家珍，穷理致知；口才出众，文思泉涌，出口成章，谈笑风生，信手拈来；学以致用，研习周易，尊崇儒学，君子之风，仁者典范；著书传世，《野谷泉声》，诗两百余，记游、咏物、谈古、证心；《野樵心声》，三十六谈，话人生、悟做人、说处世、论古今。呕心力作，视角独到，流传久远。

“得交即得益，雨遇无新旧。”俊琪兄之平生，三教九流皆朋友，五湖四海存知己。其待人以诚、交友以信、行事以周，为谋以忠，令人敬仰。其恒存敬人之心、成人之美、立人之德、达人之志，可谓“义以为质，礼以行之，孙以出之，信以成之。君子哉”。

“山依凝重有雄魂，海蕴虚怀就其深。”德不孤，必有邻！如玉春之言，友者众，惟得俊琪二哥垂青者幸。

痛哉，中天之事业，壮志未酬，斯人已去，悲叹天不公！“蜀魄存精诚，故乡化子规。时时绕乔木，声声闻可归。”愿逝者安息，佑生者前行，事业未竟，继往开来担道义，安惧正道尽沧桑！申志洲匡玉春共笔。

一

傍晚闻恶声，清晨见一棺。
撒手君长往，亲朋痛肺肝。
中天好事业，多少心未甘！
天欲夺人命，命短真天悭。
玉轮转仓促，乌脚不能拦。
快慢俱轻易，造化秉大权。
君今驾鹤去，徐图莫贸然。
宁似在人世，轻死等含冤。

二

君子亲师友，入世获良遘。
得交即得益，雨遇无新旧。
君素称多闻，众里滔滔口。
讲肆博征引，眉面无一皱。
客来倘悬河，住口感何骤。
喷珠滚玉屑，真欲藏怀袖。
人言每可畏，君语意真厚。
师友叹多才，天不假以寿。

三

人生怀高兴，遭遇辄有诗。
一言蔽得失，古闻今见之。
丘问由求点，伯牙感子期。
问题贵讨论，所悟有所知。
君忽为异物，重壤陷深悲。
平明起叹嗟，黑夜几攒眉。
蜀魄存精诚，故乡化子规。
时时绕乔木，声声闻可归。

四

丈夫爱家庭，团圆使人羡。
点滴积和谐，日久气象见。
譬玉耐琢磨，如金善锻炼。
怙恃养天年，妻子都依恋。
门堂住祥瑞，古道熟能擅。
余泽寄来人，素可为之绚。
九泉好安息，端石胜佳砚。

傅奇先生歌

傅奇先生一生研墨，兀兀穷年。棱棱之境，瘦硬通神。而世人于其书艺之外每赞其人。功德相映，不朽者在焉。谦冲和淡，寡欲清心，真古君子也。

今世傅先生，古意斑斓够。
腰身挺且直，面目清与瘦。
劲节错霜根，南山松自守。
家学承渊源，点画深推究。
凸凹磨似砥，砚穿室不陋。
忽忽五十年，兀兀膏火旧。

池墨苍波起，疾雨着手覆。
规矩破且立，气势吞更厚。
蛟蛇盘郁律，棱棱能退寇。
寒星斓角芒，华晕裹青溜。
君子问如何，素心敌尘诟。
肝膈藏冰雪，虚室光如昼。
隘巷不妨天，独立世难谬。
一我仰弥高，寂漻椿之秀。
凛凛云风起，青龙蟠其右。

呈傅奇先生诗十首

傅奇先生，青龙书家，家学渊源，濡染深厚，祖孙数代能者多人，家法遗传，后来向上，乃青龙文化史上之独特现象。所传“铁箸画灰”“白雪使纸”等典故，非仅私家旧事，亦文场佳话。叔祖父傅海所撰颂雨文：“大旱之望云霓兮，祈甘霖之速沛，蒸民之得丰稔兮，诚伏惟而垂祭”，至今传诵人口。然先生之学养，非仅先人手泽心香之承传，亦自身勤学苦练之结果，案头床尾积书如山，碑帖纷沓，可谓墨香氛氲。又数十年之日夕摩挲，不敢稍懈，使墨成池，积笔成丘，每每令人啧啧以叹。勤者必能，悟者方精，观其佳作之棱生通透，五彩增辉，多为会心开悟之妙上品。从另一个角度说，一个人艺术上的成就，除传承、勤苦、颖悟之外，在紫陌红尘中，如无静心息机的涵养功夫，亦较难取得。余与傅先生相识几十年，倾心偶有细论，交契不关觌面，亦其避人避世，潜心学问之一例证。

一

眉前急火面前斤，墨未浓时手已勤。
最是一族人好处，挥翰使纸傅家军。

二

少年痴绝笔如椽，提管传心迹未圆。
旁学诗家江上法，沧州断取纸云烟。

三

生憎人事面团团，劲节虚心不偶然。
方寸诸侯管城子，青灯乌几夜能专。

四

唐临晋帖古来然，功课熟时有腕悬。
千百万遭模子里，走盘玉粒得珠骈。

五

湘江泪渍上竿青，清浊从来有渭泾。
蚊脚蝇头侧姿媚，美人骨肉自匀停。

六

流连顾盼总生姿，聚散看知位置宜。
未觉手中轻管在，水流云走见精奇。

七

换鹅逸趣古曾经，蛇蚓趋人事不停。
冷淡自甘好生活，羞将翠墨热门庭。

八

性分天然情自钟，忘心迷雾破重重。
杜陵三峡风雷笔，五彩墨花藏墨龙。

九

风气囿人不易开，冷斋秃笔解锥来。
普天造化谁宗主，独索冥行总是才。

十

论书宁下涪翁拜，筋骨棱棱走不停。
瘦淡文心浓淡笔，池塘春草傅家青。

守志吟

摄影家张守志老先生，是中国摄影家协会会员，青龙摄影艺术的先行者。从二十世纪七十年代开始，所摄存之照片达几万幅，其中两千多幅作品前后在《人民日报》《光明日报》《经济日报》《文汇报》及各大媒体上发表，浓缩了青龙四十年间政治、经济、文化、民俗等方面发展变化的历史。在摄影艺术蓬勃发展的二十一世纪，在各种图片如潮水般涌来的“读图”时代，我们更应当记住像守志先生这样为地域文化做出过突出贡献的开拓者。

青龙一老得天遗，世路英华悉偏知。
白日青春惯自支，笑看喜鹊登高枝。
方圆肥瘦洗眼池，家乡气象有所思。
乔木荫荫遮绿丝，比邻鹅鸭鸣当时。
黄穗青哇弄迟迟，累累青壮劳人痴。
梨栗樱桃外家饴，牛羊穷巷路不歧。
春水江南蓝几陂，秋叶骊山红诸姨。
一家彭亨快朵颐，垂髫黄发嬉熙熙。
今版桃源宁他期，踏歌载舞举酒卮。
摹画如实幻如诗，一机执手百人师。
山阴道上万芳姿，佳景惊吾叹记之。

世璋先生歌

王世璋先生乃青龙书法界之另辟蹊径而独树一帜者。淘金汰沙中学郭体在似与不似之间。如鲁叟之“少也贱”，于工作中勤学苦练，磨墨成人，转而一能多姿，幽花生树，令人眼明心快。每悬腕竖幅，东流贯注，运生僻字如清沙走水，一体莫分，岂断梗漂沫者所能梦见哉。

有客有客王世璋，平生积墨洗心香。
斗室容易放清芳，夜阑星斗争毫芒。
夜何其兮夜未央，磨墨磨人见曙光。
晨鸟出林翩高翔，虬龙破壁神飞扬。
金乌下啄意不伤，其势一上千丈强。
春来春草生百冈，老树新花一枝昂。
清风细竹声琅琅，饭颗山前瘦不妨。
祖山之远清遗凉，都山之高脊有梁。
张旭三杯走不狂，焦遂五斗不大忙。
村学老儒笑一旁，黑白勿论知圆方！
濠上溟边观沧浪，东海西江取鲤鲂。
得丧能齐嗤披猖，墨池笔冢终徜徉。
金针自度作衣裳，何必耆宿教上庠。
字能致汝五内康，字能惠汝三斗粮。
字能遗我甘酒浆，字能使我识海桑。
字能寿汝虚白长，字能佩我翠明珰。
一诗百纸薄相将，元气淋漓乞满箱。

连复歌

张连复先生，青龙教育界前辈。书辨五音，管摹六技，砼砼永夜，兀兀穷年，为老辈基层“文化人”中之能事者。

塞外有青龙，山花蕃蔟蔟。
连村几蕨拳，养民等秋熟。
浩荡生老间，乐者常知足。
间有英俊发，夜来宁秉烛。
濡翰弄锥颖，书家张连复。
门前墨浸山，秃笔如丘伏。

使纸似耕田，脞脞望百谷。
腕底渍风霜，积墨香馥馥。
津津数崖壁，漠漠天赐幅。
北地富老松，眼前常生竹。
照窗拂清影，直节骈大木。
由由慢生涯，指望飞腾速！
后生好近利，颔须摘金栗。
妍媸看牛皮，傀儡舟前覆。
要知豪杰人，万峰不一蹴。
碑版击登登，灯影看眼独。
刀锋苦比较，贼毫为收束。
酸咸睹精工，天花缊质朴。
我观连复书，见髓亦见肉。
安祥端体态，宁静龟藏六。
龙虎风云气，隐隐蕉覆鹿。
沤波兴止水，熠熠昆山玉。
我为连复歌，门前苦剥啄。
未登君子堂，檐下曾三宿。
万物顺自然，蜀缣走清淑。
春风开百花，秋波起楮縠。

王毓民先生画赞

青龙王毓民先生为画数十年，寻师而外，晨兴夜起，揣摩生象，脱皮缩骨，画风几变，今已蔚然一家。早年好画梅，北人而撷南枝，花前取法，树下伫兴，颇有所得。近年多画桃，人弃我取，境外生华，开生鲜一脉，有咀嚼不尽处。诗、书法亦看得过。今皤皤一老，婆娑画斋，于世人有赏心摇手处，我幸知之。

毓民先生画路宽，豁然笔墨露心肝。
荒畦老圃英可撷，好斫竹丝为钓竿。
堂上花朵清露滴，壁间菜把想加餐。
冷光翠晕溢毫素，神笔正可画外看。
晨兴夜起研磨里，三绝终能敌一官。
数十年间几破法，希声默鼓无弦弹。
灵犀灵羊渺踪迹，丽人长约杜眼寒。
梅杏莲桃拥百景，赭赤胶青煤一丸。
世间好物容易尽，转毂转烛纸上观。
江草山花沾胸臆，坚牢唯有心先安！
我与先生把臂欢，夜来有梦聚邯郸。
楚山割愁剑铓赋，艺文分晋魏赵韩。
池塘青草横一蟹，水口西江十八滩。
近说先生濡大笔，奔流巨幅远闻湍。
纸上扫出清冷样，为我一照垒块团。

题王毓民先生画十二首

一

家乡明月抹金黄，汁墨能生纸上香。
已作其峰淑弟子，寻师再拜霍春阳。①

二

醍醐得灌悟能开，裁剪于天方是才。
生在万山圈子里，石青崖雪俱青苔。

三

神贵通禅介有无，名家气象迹能孤。
诗人不步西江后，参倒涪翁得画图。

四

摹宋追元可不论，荒林疏叶总霜根。
盛时也自歌慷慨，淡水明山着远痕。

五

问谱宗师似不然，总觉风格老未圆。
四十九回生后手，寻梅几度上吴船。[2]

六

淡影虬枝画不深，较难契语对冬心。
棱棱一尺冲天上，[3]清景出林耐独寻。

七

高楼日日上朝暾，白壁青墙不可髡。
一个溜光古瓶子，插花几度放春温。

八

客子久叨菜把香，浑圆萝卜味偏长。
心中纸上老农圃，于苦于甜两未忘。

九

纸上刳心恣墨流，竹能唤雨鸟啾啾。
丹青白发催交战，对客挥毫似少游。

十

池荷留雨遣霜辰，白水清泥亦可人。
几片吾家秋叶老，义山身后作芳邻。

十一

夭桃入画古来贫，出纸出墙斗胆心。
如此良枝择高手，便能驱鬼与迎春。

十二

葡萄紫颗向人低，乐与荔枝入口齐。
也有海棠真国色，胭脂泼到牡丹畦。

①私淑孙其峰，再拜霍春阳，转益而得益矣。

②北人罕见梅，画梅总觉手生，毓民多次南下探梅，晨夕揣摩，画境渐进。

③毓民早年画梅，多直干冲天，与虬枝淡影、古意斑斓者不同。

题王毓民先生桃花画十二首

王毓民先生攻画近四十年，骎骎笔墨，风骨俨然，近年来主画桃花，路旁索李，开笔成蹊，爽然有致。北地山村中人，少年时节于屋角山头所看、所攀、所玩、所取之桃花桃果，本寻常之物，且山边水旁自然生长之桃抑或农家率意点植之桃，多所谓“山桃”或“毛桃”，与近时经改良嫁接而花盛果肥大有经济价值者不同（近日读《清华园风物志》中有对清华园内“山桃”的描写文章）。然世间好物，到底坚牢。儿时情愫，积蕴心头，今挂心出手，摹物揣色，供于画案，可谓少年看花，白首作画，犀角一通，情趣盎然。风枝细叶，嫩红新蕊间，春工画手，弥合无间矣。画开新境，观者欣欣，余昔年曾有咏毓民先生桃花诗一首（本组第十一首，就是前面《题王毓民先生画十二首》中的第十一首），和近日于毓民先生洋洋画稿前所思而得者十一首，共计十二首。或可补白，是为幸事。

二〇〇八年冬月识

一

毓民先生真好奇，粉墨着腮意不离。
三友四邻桃作主，五更灯火一窗熙。

二

嫩红娇蕊任斑斑，绿叶青枝护一关。
若比美人山水出，依依雾鬓与风鬟。

三

闭门佳事总由衷，点染桃花别样红。
几案亭亭春满纸，妆光沁粉策新功。

四

故乡风水养红妍，行遍天涯便忍蠲！
素手安排图画里，丹心早晚证诚虔。

五

安置纷红著手边，春工总在画工先。
戛戛摹拟吾能造，纸上江头不偶然。

六

明眼清心花晏如，一方风物觉乘除。
少陵未起海棠兴，入蜀出夔意不舒。

七

朱石胭脂调笔端，晴明烘染雨中看。
粉红写意真华采，水洗风磨爱一团。

八

风枝露叶裹青红，荔子南来愧此丛。
擘果看花同妙趣，世间好物赏无穷。

九

好物坚牢付笑中，散花人是白头翁。
少年情愫存犀角，笔下胸中一点通。

十

梦里山桃入笔深，繁枝皴蕊觉侵寻。
梅姨月下横斜意，杏妹蜂场扰攘心。

十一

夭桃入画古来贫，出纸出墙斗胆心。
如此良枝择高手，便能驱鬼与迎春。

十二

管领春光又一年，漫言山尾与篱前。
另教手笔催成后，暖意芳心别样鲜。

读王毓民先生桃花图册

王毓民先生攻画三十余年，转益多师，自辟蹊径。花鸟、蔬果、草虫及山水、人物争来笔下，花者梅荷居多，鸟则麻雀。近年主攻桃花，春风荡漾之中，笔墨淋漓之态，惹人情思。

画桃花者古来就有，但其不是画家们的主画花种，故名家者少。唐代王维“画花往往桃杏芙蓉莲花同画一景”，宋代惠崇《春江晚景》中“竹外桃花三两枝”，说明桃花虽然很早就出现在画家的毫楮间，在文人画的老祖宗王维的画里排队领先，但往往不过是册页折枝，山水图构中的一个陪衬角色，小景可见，大幅难求，不能和梅、荷、牡丹等常见的入画花种相比，尤其是不能和梅花相比。毓民先生避熟就生，因少见胜，近年来多画桃花，以娴熟之笔，造新鲜之境，老干嫩枝，傍篱倚石，低垂若愁，望空如笑，引鸟者悦，飘飞者舞，冥传风态，巧含光晕，一枝一幅当中，一花一叶之间，寓情于花，推花见人，达到了写景类文艺作品融情入景，象外生旨，空际传神的高度和要求，展读间真花光出纸，生意满腔。

汉书下酒，杜诗裹粮（杜甫《寄彭州高三十五使君适虢州岑二十七长史参三十韵》："会待妖氛静，论文暂裹粮"）。文艺作品虽为精神疗药，看来也有物质功能。避秦者桃源，辟鬼者桃符。秦虽远去，鬼复不少。祭台庙宇，书帧影视，嘴上心中，说鬼、想鬼、有鬼、弄鬼、怕鬼比比皆是。今毓民先生一篇入目，点点瑞红，正气凛然，非是李贺所说"山魅食时人森寒"之境，而有启功先生所谓“鬼心大悦服，彼此皆欢喜”（《古诗四十首之二十》）之力，天上天桃，人间正色，功比钟馗，人悦鬼服，镇宅稳心，补墙炫目，正可为和谐社会助一臂之力！

昔年曾有题王毓民先生画诗一首，并录如下：天桃入画古来贫，出纸出墙斗胆心。如此良枝择高手，便能驱鬼与迎春。

二〇一〇年秋

张东海先生《青龙河百米长卷》跋文

张东海先生，青龙画坛老宿。家风传递，学而时习，始自工艺美术，终成工笔画手。浸淫青龙山水风土间，登山观水，养花看鸟，物熟于心，墨精于笔，数十年间，画作遍及山水、花鸟、人物、故事、传说多种。花常枝擎叶举，翎毛纤毫毕现，开物境而臻妙境矣。青龙文联主席苏俊田先生，于艺事长于组织，善于品鉴，商东海先生绘青龙母亲河长卷存世，携手胝足，三年中仆仆于道路，骎骎于笔案，汗墨交渍，向晚侵晨，更得彭树香、刘金贵、于久东诸君倾心襄助，佳事成矣。观此百米长卷，山如庆，花如竞，水正蓝，鸟正旋，房舍俨然，几桃园之仙境，必将成为青龙艺术史上传世之作。后人得观，亦必欣欣鼓舞矣。跋以歌诗，忝列卷尾，以为幸事。

歌

青龙河，古玄水，传神话，浴仙女。
茂花草，产谷米。肥虾蟹，跃鲢鲤。
两岸人，多欢喜。东海君，大手笔。
越三年，航一苇。入风波，走崖涘。
勤观察，细断取。得神髓，滤渣滓。
长卷出，泣山鬼。及吾人，叹而止。

诗

一

雪窗昏及晨，写真有此人。
吾兄张东海，使纸重于身。
弄花翰墨润，适野吐纳新。
啖蔗四十载，拈笔已如神。

二

大河出深山，青龙古已有。
养民泽桑榆，蘸水傍松柳。
舟车冬夏行，凫鸟水陆走。
天工出图画，摹取倩谁手。

三

意夺造物巧，饮茶与食粥。
下笔开生面，伫胸长佳竹。
素艳百不遗，杏桃连苜蓿。
三年百米卷，闻韶不解肉。

惟山之高，凤驻其声，惟水之深，龙显其形。青龙历史悠久，人文化成。斑驳史迹，代有遗传。近代革命，军民铸血肉长城；旧邦鼎新，家国更添新气象；改革开放，事业如中天之日。政通人和，百端兴旺，清风满韵，意气发扬。盛世必有佳音。今张东海先生绘青龙河百米长卷，舆图胜迹，跃然纸上，民胞生事，挥扫洋洋。青龙山川风土，一卷收矣。观今足以知昔，后视亦必证今。有此鸿篇巨制，精能笔墨，乡者称奇，纵丹青留布，他乡异日，观者当津津乐道，眉目欣然矣。此真青龙之幸事，青龙艺术史之胜事也。

题傅奇先生书《青龙赋》文

近年来，青龙人民在县委县政府的领导下，艰苦创业，蓬勃发展，风貌大变。海面风吹，满乡换世，一龙飞起，四壁生辉。府库足而县乡活，实力大显；仓廪实而知礼仪，和谐呈现；莺燕流啭，山水腾笑，物情天意，人境相安，可谓融融生态。有此实力、和谐、生态三者，青龙之魅力出矣。天下平而凤鸟鸣，青龙飞则有歌赋。此青龙赋一本，于青龙之历史现实，取经和萃，洋洋乎悦人耳目。学以致用，政以养民。学而优则经天纬地，存乎中必政通人和。人赋相合，昆仑完璧，物归其主，风虎云龙。华本当前，发人兴致。吾等忝此笔墨，以点睛附骥之心，聊表爱忱赤诚之意。

王世璋先生书吴烨南先生《雄关赋》跋文

吴烨南先生，开秦皇岛诗词振兴之先河者，雄关一赋，众口播传，古意新声，煌煌于文册间。王世璋先生，数十年流连于楮墨，未尝一日相忘，起于实用而终臻艺境，自学起家，而旁学成家，书坛之别流也。张连复先生，敏于书事，讷于言戏，残碑断简，故纸新帖，揣摩百过，习近人而通古人，书术精矣。宏文著手，世璋先生书赋在前，连复先生书跋于后，更得青龙名家傅奇先生濡翰题首，画龙点睛，三隅往返，总成一事，则众人之青眼高看，此卷之收藏流布，必无憾矣。

谷青山先生十色牡丹跋文

谷青山先生惠余牡丹十幅，共十色。赤橙黄绿，炫目多姿，青蓝白黑，畛域分明，泫露者似啼实笑，向日者非葵而倾，蜂蝶远来，竹兰映配，五光十色里觉青山丈融融暖意自肺肝间流出。满纸春风，人花莫辨，国色天香，不一而足。佳什当前，正可爽目澄怀，为人生佐君子计也。有诗为证。

墨生五彩泼曹州，绵绣成堆绚不收。
笔底春雷供温暖，腕边筋力转轻柔。
不争乱蕊勾蝴蝶，岂让浮花逗野鸥。
颠倒洛阳朝富贵，青山百鸟细啾啾。

代谷青山先生跋溥佐先生课稿

余一九六三年在天津美院读大学时，受教于孙其峰、张其翼、溥佐等老先生。溥先生教花鸟，临课必拿精心准备之尺幅小景，命余张贴壁板间供大家临摹，后余掇拾溥师范本十帧珍藏。今余九幅计：牡丹二、兰二、月季二、荷竹一、石兰竹一、杂花一，各幅有竹者皆为墨竹，花则著彩。画虽课稿，以师授业之谨严精细，蜂蝶则栩然欲飞，花朵则临风泫露，竹叶翩翻，兰蕊凸毫，精能韵态，有过于坊间流传者。张君俊文，悉心艺事，玩物得志，壁橱间翠墨生光，古纸生香，戴牛韩马，齐蟹黄驴，朝夕间摩挲出道矣。今余拈先师此九幅遗张君俊文，鼎传刀藏，物有所归，先生可敬，后生可畏，手泽心香，二美并存，余意在焉。七十翁谷青山跋。

附一：题溥佐先生传谷青山先生画十幅诗二首

一

俯愁仰笑聚西园，李白桃红起颊温。
师意不言传界笔，蹊旁莲子竹生孙。

二

几片生笺信手涂，微风着叶面脂濡。
怒心喜气竹兰会，摇曳清姿水吐蒲。

附二：呈谷青山先生诗二首

一

巨擘淮南一指还，门墙桃李灿朱颜。
著花十九飞腾者，鸦点鹊桥天地间。

二

书生学稼感时艰，墨圃寓公嗤力孱。
白苇黄茅成作手，可知颇广勒燕山！

代谷青山先生跋自作山水长幅

余平生惯作山水、花鸟、草虫小幅，兴致所至每随心所欲。今年过古稀，气矜手痒，竟始作山水长卷。此幅长十三米，宽七十八厘米，分春夏秋冬四部，于青龙峨峨祖山、桃林之湖等诸名胜并山水田园多有剪取，非笔补造化亦手摹心追，笔墨恣肆间每觉盎然春意春胸润肺。前曾以溥佐师花鸟十幅遗张君俊文，今将此长卷亦付其收藏，抽美一并，喜意生焉。庚寅年冬月谷青山识。

代谷青山先生识张俊文先生存画

张君俊文雅好收藏，于家乡书画家作品每挂心留意，富于箱箧。余少年受业于名师，汲汲于笔墨间，推时代巨轮，怀成名大志，如李白所谓“岂蓬蒿人”哉！然身世辚磨，行止蓬累，流水腾波，百端忧集，忽忽间已五十年矣。今老形渐具，喜壮心未已，每酣畅于几案间，墨淋漓而春意生焉。今画花鸟册页十二幅，牡丹、月季、菊、桃花不等，杂以柳、竹及鸟雀、蜂蝶等，付工装池，交张君存览。推物及人，于事见情，余平生心志亦可窥知一二矣。庚寅年秋谷青山识。

润色王海津跋王世璋先生书纪立功诗

吾乡人王世璋老先生，幼而习书，长而不辍，老有所成。尤善行书，兼蓄草势。每长篇大幅，一气流注，由百八十字至千八百字，贯通上下，绝无滞碍。即生字僻字置之行间，亦不觉突兀。通览全幅，每有行云流水之姿，逶迤挥洒之趣。虽身处乡间，于村学老儒每不畏其笑，上庠耆宿亦不惮其评。真老生可畏也。土里藏珠，终有天开见日之时，腕底生风，不似唐临晋帖之态。

又吾党王君毓民，钟情画艺，少年时即涂抹丹青，后入名家之室，积精工之能，忽忽三十年间，脱胎换骨，声名渐远，亦行内之君子也。北人而偏嗜画梅，于杏花之类，非照猫画虎，必亲临梅下，登南岭又下吴船，观之觉之，摹而出神。近年又专攻桃花，于人弃我取中收避熟就生之功，文字诸境外添承古创今之迹，卓尔特立，风貌油然。髡墙冷壁之上安此画幅，必能生驱鬼迎春，镇宅安心之效。举此两端，可见一斑。

立公兄乃吾乡党中写诗之“守旧”者，毕业大学之后即援笔缀字，服务家乡之余每讴吟乡土，苦心孤诣，独索冥行，律虽未细，韵趣天成。今拈出摹写家乡山水、风土、乡情、人物及题毓民君画之诗数篇，倩世璋先生书出，乡味浓厚，古意盎然，真翠墨生光，元气淋漓之什。夫青龙书画之二王，居长城脚下，地非山阴蓝田，时非晋世唐际，悠悠此时，传统未变，道术未裂，对地域文化之贡献，在吾乡人眼中，亦曦之摩诘之流风余韵。得立公兄诗为关键，集三昧于一体，真珠璧之联合。烛光萤火，虽无补天盖世之功，汇流添风，亦为积微至著之意。祝吾乡文艺之葩愈开愈盛。青龙王海津记。

二〇〇九年夏日

霍林国同志《梦的历程》跋

霍林国同志，二十世纪五十年代生于青龙山村，当过农村教师、工厂工人、公社秘书，转成国家干部后，历任乡党委副书记、书记，县委宣传部副部长、文化局局长、广播电视局局长、县人民检察院检察长、县政协主席等职。生长山区，摔打农村，得山水润泽，养少年颖慧。入世即生龙活虎，披荆斩棘。曾以村语言，利手脚制乡间狡狯，顽钝皆服。冒寒暑成手皴肤裂，走村庄则老幼咸熟。基层工作，虽备尝艰苦，却炼出平生胆识，朴诚底色。任机关领导后，拣珠择善，吹火添薪，每成烝腾气象。与卖花担头炫桃李者，不可同日而语。及佐掌全局，执素心宏愿，察民病舆情，参政行政，桴鼓相应，致人才，正风气，导民心，开生面，穷县腾龙，助飞有道焉。

林国同志有三美。一曰诙谐。俗言俚语，吐口成文，本地风光，隔墙春色，每令举座皆欢，闻者捧腹。然非阅人阅世，勤读善思者，能有此乎？二曰整仪容。衣不论新旧，容不管瘁舒，干净整洁，总是人之长处。侪身官场，为人表率者，更应如此。三曰善交游。引车卖浆，熟乎其能。舞风墨戏，神乎其技。熙熙天下，皆为有用之人。用优汰劣，化铁成柔，本为君子气象，况观风兴邦者哉！古人云，四美难并，得三美者，不亦乐乎。

今林国同志行年耳顺，退而不休，逝水飞鸿，初心不忘，著书以述往行，缀言以立新志，二〇一七年春，出版《梦的历程》一书，以证素心，有怀新梦，本人读后感发，忝附骥尾。有诗为证。

一

三匝欲栖安，初心一忘难。
征程犹有用，水口激新湍。

二

山头地脑迤迤，佳果茂林稀奇。
更有春江月夜，清流芳甸华滋。

三

好人入世百相宜，进退真能卜险夷。
倘卧北窗来爽快，梧桐风籁数佳期。

吴俊琪同志诗集跋

俊琪同志的诗集《野谷泉声》即将出版，约我写上几句话，当然从命。全书分“乡韵”“记游”“咏物”“话古”“感悟”五个部分，从不同角度记录了诗人的情感心声。作为一名读者，尤其是一名最早阅读本书的读者，提出一些看法，希望与其他读者共赏，虽不免滥竽充数，但终究是一个读者的心声，于诗或许无补，于事却未必无益。假如我们认为诗歌有讽人喻世的作用，那么便可将其提高到采风治国的高度。

俊琪的诗以理胜，这是我通常的看法。人的七情六欲，世间的事或物的千姿百态皆可入诗，但一个诗人的笔触不可能描绘的那般广阔，把人世间的丝丝缕缕都收罗到自己的诗中来，即便他有那样的想法和本领，然而在绝大多数情况下，恐怕也只是一堆乱蓬蓬的葛藤，理不出头绪，至少让读者看不出高妙，弄不清风格。数量的多，范围的广，反而造成质量的低。诗歌要在氤氲润泽的氛围中给人以化机，这就要求诗人尽可能把有限的能量形成合力，在某一方面造成突破。

闲话少说，我们还是回到俊琪的诗歌上来，开篇之作《引子》：“谁言天荒地老，唯见水远山高。无阻星移斗转，怎抵暑来寒消。常见烟云雾霭，历揽荣枯寿夭。回首冷暖岁月，感怀浮沉波涛。”不就是对人世间“大道”的一个不同角度的形象的总结吗？而《泰山》《嵩山》《华山》诸篇，虽为山水记游之什，但和见山说山，见水说水式的平白之作，还是有“道理”上的差别和“高下”上的区分。合“理”者咀而多味，无“理”者不耐吟咏。《冬观刺猬》："一对刺猬似夫妻，风餐露宿两相依。近靠都嫌皮扎肉，远离各觉寒流急。"全首尤为精警。先说"一对刺猬"于风雪中依依相伴，是夫妻也罢，似夫妻也罢，不离不弃，反映出生命的相互寄托，但紧接着说出了事物的另外方面，刺猬满身"毫针"，本为御外之技，但于同类却成相防甚至相害之器，所以两相靠近，皮肉相扎，两相远离，又寒流裹身，心理上的欲相近反而造成身体上的欲相离，形象地折射出人与人之间"近不得，远不得"的微妙关系，与西方寓言中以刺猬喻人和中国古诗中所谓"至亲至疏夫妻"，正有异曲同工之妙，真富于"理"而有"趣"者也。在修辞上，说"皮扎肉"，乃以己之皮，扎彼之肉，虽己皮彼肉非相连之物，但互相扎刺，于皮肉间本应有之紧密关系顿成阻隔，亦见出细微处的匠心。《光阴》："花间观蝶舞，柳下听蝉鸣。凭栏赏皓月，临风履川冰。参辰随斗转，鸿雁倚天行。光阴如水逝，日月似流星。"前六句花间蝶舞，柳下蝉鸣，凭栏赏月，临川履冰，参随斗转，雁贴天行，都反映出时光的流转，并隐隐地透露出人对佳怀美景转瞬即逝的留恋焦渴之情，在这一大堆自然天成而又眼花缭乱的形象之后，说出“光阴如水逝”，真乃“水到渠成”了，而最后说出“日月似流星”，又添冠顶之珠，音表余韵，真恰到好处又拓宽了全诗的境界。从另一个角度看，日月本为行星，但在人们的心目中虽动行不息却非流星之速来骤往，但在前面意象的映衬之下，就不觉突兀。而说“似”流星，又与上述形象造成的“光阴”的飘忽之感，契合无间矣。

一般地说，诗主抒情，有“理”并不是诗歌中的最高境界。即便说理，也要蕴理于情，说理于事，藏理于景。下面恰好就有现成的例子。《如梦令·孝》（四首）从老人的生（生活照料）、老（健康长寿）、病（营养补给）、死（举哀守孝）四个方面，形象表现了当今某些人某些家庭对待老人的重死轻生，重形式轻内容，重自己面皮轻老人需要，似孝而实不孝的不合理现象。文字的明白俏皮，也更准确地说出了老人的无奈，也增加了读者的愤懑。

当然，合“理”只是俊琪诗歌的一个明显特征，而非全部。其他诸如乡情友意，咏史抒怀，丰收的喜悦，世事的评判，以及对传统文化的解释等，都反映出诗人创作的不同内容，这里就不一一细说了。

附拙作两首，表示我对俊琪同志的敬佩和对《野谷泉声》出版的祝贺：

一

四处论交我未胜，诗中老手得君曾。
闭门读易看三世，开口谈经续一灯。
海上风来知节变，花间莺起觉晨兴。
流光电抹飞腾速，天命真能济饮冰！

二

一哄纷纷尘粒，炊沙蒸饭求团。
珍珠犹凝土碧，顽石最激清湍。
丘祷鬼神既久，范云忧乐相安。
观鱼观水观鬓，丛竹摩挲几竿。

题青龙山水写生十一人联展

河北青龙人杰地灵，土风淳厚，山华水滋，佳乎丽哉！都山高矗，乔木老苍，祖山古亘，岩石峭露，玄水映碧摇青，润泽一县，南山萦城带廓，起伏百里。好山水必化育人文，美丹青终流芳斯世。今有山东烟台林志斌，江苏徐州吴庆法，陕西西安康瑞伟，河北迁西韦武满，青海西宁韩家国，江苏宜兴邵国平，河北秦皇岛杨旭光，河北青龙杨梅、崔建华、邵海文、张彦东诸君踏山写生，临水取象，摹造化而补天工，著情思而入意境，生花妙品，豁人心目，真天人契合，物我融会之佳事例。杨梅女士汇诸君得意作品于一处，眩笔墨精华，饱众人眼福，亦展青龙风采，流佳事余韵之雅意也。

山水有真容，天生妙姿致。
昏晓盼人来，古今有人至。
或喧草木知，或张笔墨势。
与人成一统，与时贯百世。
显者赫声名，昧者犹梦寐。
相知都恨晚，陈抟搏一睡。
相遇或偶然，从兹长能事。

青龙富山水，探访路百由。
有客八方来，耳目洗闲愁。
纷华供领略，绀碧况金秋。
写生开眼界，佳者取其尤。
笔墨恣酣畅，怀抱真相投！
幽玄三曲径，清宽百丈楼。
天公邀画手，膂力较悠悠。

画松重横枝，红阳转天半。
写石如安榻，三日不移恋。
云霞侵墨彩，风露加餐饭。
山水与真影，取手敢疲倦。
佳思涌地来，奇境随召唤。
群动生满纸，仙灵主嬉玩。
天人冥相与，随喜复谁怨。

向晚重润色，一灯照十人。
斟酌安亭子，点苔石不嗔。
山村通电路，车毂与人亲。
标格溯元宋，笔力有不群。
掷幅惊邻座，相看叹玙璠。
诸君大欢快，吾笔演重文。

杨梅同志画展嘱题

杨梅女士，笔名若兰，善为古意山水，兼有花鸟人物。流连于花青赭石之间，濡毫使纸，笔歌墨语，摹物赋形，中情敷采，非胸中自有丘壑，手腕富于筋力者不能。掷佳什于前人篇幅中而乱诸楮叶，出新意于自家笔端而独擅声鸣，又非厚积薄发，精琢细磨而不可。于其间，十几年晨兴寐想，举事升华之功夫可见矣。

能者必有其师。入名师之室，称饕餮之心，亦艺者之快事。杨梅先后师从于少平、梅墨生二先生，寓国家画院苦学二年，师之口遗手传之际，已之揣摩浸润之中，画境渐进，于今笔法近熟，风格见老，庶几青龙名家，真为画之秀出者也。诗曰：

一

匀染丹青见卓雍，名家气象苦追踪。
后来总有前行者，村水家山画几重。

二

纷红秾绿敛于胸，平淡收成足九冬。
彤管纤纤未离手，登峰履地一枝筇。

三

上国风光三两逢，高蝉鸣后有清蛩。
齑盐随分甘浆蜜，菜把寻常养我侬。

咏杨梅师弟子画

杨梅女士，师从梅墨生先生，攻中国画几二十年。骎骎六法，醉心绘事，率尔操觚，登堂入室，可谓难得。画风从始如一，画境与年俱进，亦非易事。近年开馆授徒，师弟子间济济融融，一堂和气，踏遍家乡山水，熟谙故里风土，收来笔下，濡染成帧，不论山水花鸟，篇幅间无不散发青龙气味。此方山水此方人，画手翩翩跻一门。今成诗二十首，分咏杨梅、赵国华、李颖喆、周丽丽、彭居东、白鸽、肖仕源诸君，期以热心，愿襄盛事。

杨　梅

一

也画乔松也画兰，松高兰矮耐同看。
山中自古真君子，凤矫龙蟠着笔端。

二

写生板凳十年热，才上都山又祖山。
笔下新松曾数尺，眼前枝叶影关关。

三

家山家水总青青，不必诗人叹渭泾。
断取陶钧两疏凿，化机背后有娉婷。

四

菜品寻常百样供，春盘生脆腊肥醲。
农家心坎画家笔，一样真实蹑脚踪。

五

花草红心杂素心，长成笔下墨深沉。
总嫌青绿施多了，五色原来一色任。

六

峻嶒山石倚扶疏，无土有风竟不枯。
也向水边安夹叶，清清贵贵两三株。

七

转益多师奉自然，百回摹写总新鲜。
漫山寻找漫天画，不二法门一味禅。

八

名师法眼养真知，老手开源此一时。
蕞尔最宜携小户，青龙玄水顺流时。

赵国华

一

菊弟梅兄俱国华，忍寒同调喜同家。
冬山秋水岑高寂，一例芬芳吐正赊。

二

续成皴索顿苔瓜，垒石堆山势倾斜。
丑铁却如僧衲好，俗人眼里破袈裟。

李颖喆

一

四王三是汝家山，巧取真夺倍道间。
渐渐佳人成作手，风光流转岂天悭！

二

赭红石绿漫涂鸦，岸柳汀蓼信有家。
整顿乾坤归素手，风花到底是心花。

周丽丽

一

已办登临执此端，焦锋渴笔墨漫漫。
各家自有佳山水，辛苦于身学范宽。

二

世间顽石抵难同，能手都来搬取中。
更有山松堪作友，缀崖挂壁策天功。

彭居东

一

云松雾柳堕深幽，水浅峰尖嘱意留。
画出家乡真面貌，风清月旦说山头。

二

同门家法活渊源，湧地真能看白泉。
有畏先生夸后起，古来磨墨趁青年。

白　鸽

一

亲裁古纸画花枝，深浅色宜养四时。
最是一年春好处，桃夭李粲斗腰肢。

二

桃腮桃面最嫣然，农舍农家篱舍边。
画手折来偏称意，笔头纸上好论钱。

肖仕源

一

少小拈毫起墨澜，灵芽一点运成丹。
古方古法醇滋味，都入新来山水看。

二

少年意兴爱高歌，六法功成须琢磨。
若问瞢腾门外汉，荒寒境象不宜多。

题任意书画

任意书同志，青龙工笔画家。庭园格致，轩窗撷取。三烘九染，晕笔生花。心作匠意，并行无二。一时之人物手艺，喜心耐看。

牡丹

从买胭脂画牡丹，清香贵气养心宽。
蝶蜂忙着团团舞，花朵佳人一例观。

白莲

蛙声热闹歇应难，遥望白莲说广寒。
一个小蟾上荷叶，脚尖难着走珠盘。

状元红

朱砂上笔慢全工，一片彤彤染碧空。
欢喜人心大相似，顶天都是状元红。

芍药

黄紫堆中粉作霞，吉云烘日喜交加。
都阳水岸湿红处，花国君臣富贵家。

《河北朝鲜族史》读后有感

李印林同志，持恒久心力，发宏大愿声，披阅六载，增删五次，成《河北朝鲜族史》一书，翻检典籍、文献、著作、方志，万千扪索，寻访村落、人物、乡风、故实，辛苦遍尝，良信成文，膏腴敷质，真可赞叹。

一

古水悠悠浩浩，山根岸脚击撞。
两边人家眺望，金李朴郑崔张。

二

血脉浓于法脉，往来凭藉一江。
活国养家糊口，昏朝帮衬有双。

三

中朝八旗四海，直隶九夷六工。
足迹白山玄水，心间鸭绿桃红。①

四

寇来烽燹频，联合抗倭人。
畿辅弯弓劲，中韩岂隐沦。

五

民族终独立，家国日新兴。
推倒能双手，翻身最上层。

六

友邦真恋土，兄弟最亲伦。
建设新形势，同心比善邻。

七

征途汝故吾，得道更浮桴。
坝上赶风雪，宿头惊鹊乌。
青荧傍灯火，黄籍看钞租。
并世留篇简，谁云记事珠。

八

造化笑吟吟，往来事林林。
浮江移种俗，渐海究民心。
佳话听传市，乡风采惠今。
一编成信史，直抵万黄金。

①高丽迁华，“满州”始盛。包衣匠作，立户添丁。青龙河古称玄水，在河北省青龙满族自治县境内，县以水名。鸭绿江边多桃。

《花厂峪》读后有感而作

青龙历史悠久，人类足迹昭然，乱山环抱当中，满汉各族人民生息相依，家业承传。抗战时期，受日寇荼毒深重，反抗亦弥为激烈，花厂峪是当时冀东北及周边地区抗日民主政权所在地，指挥军民杀敌御寇，救国图存，丰功伟绩，自不待言。以敌伪之凶残，自然视为眼中钉肉中刺，欲拔不能当中，烧杀抢掳，无恶不极，抗日军民泪光迸天，血腥涂地，惨烈情形至今切齿。滴流走水，汇以成川，日月行天，累以成年，杜鹃碧血，沃烧天花阵，龙泉土花，磨斫地灵光，周君庆信，秉先贤（庆信先君周子丰老先生，是青龙抗日战争时期的传奇英雄，人口揄传，志史留名）遗志，握中书之君，掘土取珠，抽丝织履，晨兴夜继，汇成一编，为当年花厂峪抗敌军民吐郁然浩气，为今日英雄事业谱史鉴丹青，功莫大焉。得唐山毕经安先生（毕先生出生红色革命家族，族中先人英烈众多）鼎力之助，值花厂峪革命纪念馆和烈士陵园落成之际，读《花厂峪》一书，缅怀先烈，酸心喜泪，感而成诗，以飨以祝。

一

雨打风吹七十年，墙台屋迹认依然。
漫漫旧事东流水，知古鉴今付一篇。

二

故国当年坚壁垒，新邦无处不安夷。
铸犁铸剑皆钢铁，流血书丹后事师。

三

山村处处长兰芝，万树春华露亦滋。
柳线榆钱皆著眼，一鸦一鹊认归枝。

四

女绩男耕活一家，当街儿小炕头爷。
忽来日寇杀烧抢，随手挥镰耒掷叉。

五

村北村南响纺车，支军抗敌女儿花。
巴巴谁是旁观者，燕石蜀山力拔蛇。

六

义军拔帜竖红旗，破宅败家却为谁。
救国救人同己赎，男儿慧眼不亡歧。

七

刀枪阵里宣妈妈，子弟兵中郭大娘。
杀鬼击贼都国手，亮瑜何憾此周郎。

八

人圈狱氛畜一家，蜂喧蚁挤鬼居衙。
住无庐并炊无米，续命悬丝粘壁蜗。

九

深林老峪气咻咻，焚户烧山事未休。
溺堵儿婴经手弃，父膏母乳煎汁流。

十

经妇暴儿累累亡，磷青鬼绿夜连冈。
鹃红回转烧天阵，血肉长城金铁墙。

十一

熟土一方泉百宜，南山生瀑北生陂。
养民何止撑饥渴，想见当年救火时。

十二

纷纷儿子赵成金，老将头羊米恩林。
家国漆其风雨夜，翻身革命走骎骎。

十三

几家墨面萎红颜，都在置锥悬磬间。
野菜撑肠攒升斗，拥军不减力擎山。

十四

鸡鸣曙日各洋洋，秧稞新秋沃露香。
载舞载歌花厂峪，扬眉齐下泪滂滂。

十五

曲肱枕水月临关，蚓唱蝉歌墨积殷。
老子英雄儿作手，速牛慢马彩斑斓。

十六

奔流一路滴成湍，激水腾华洗泪酸。
先烈英灵天上笑，后来事业慰心宽。

十七

人群擂鼓震山欢，满地红花映水看。
展馆陵园通款曲，论功当记毕经安。

十八

夕阳如血渥枫丹，数米穿珠记事难。
一卷汗青留直笔，春秋许我足盘桓。

读解文阁《青龙河》组诗
用钱锺书《牛津春事》《小诗五首》韵

一

七九河开乍暖，柳梢已拂流莺。
一条汤汤浩浩，来者登时眼明。

二

绿岸微云度雨，添波只当添春。
车流三三两两，生客已变熟人。

三

上溯源头百里，吹人活泼清风。
游兴盎然未歇，绮霞水面成红。

四

独乐何如众乐，余花正表余春。
水面走来鹳鹤，举杆撒网几人。

五

云脚翻成雨脚，雷音实获赏音。
一夜河宽十丈，哄然观水欢心。

六

晨兴趋渡口，船子正松惺。
水面犹长眺，鱼跃忽喷醒。

七

临流吊清影，面皱几何之。
好水添光景，脉脉减秋思。

八

照山终一水，临岸两三村。
日脚转苍翠，炊烟已敛昏。

九

五谷谋生意，晚花未甘罢。
长河洗秋月，浴露虫贪夜。

十

上古名玄水，生商特地书。
初心滋养育，利济水之余。

王海津《乡村碎片》读后有感

王海津同志拣拾家乡鹊雀窝沟的梦里乡愁，眼前物事，翻出作意，濡翰成章，三五年间，苦乐备尝。百篇随笔，洋洋洒洒，百年记忆，脉脉疏疏。汇成《乡村碎片》，知意者必品余音，赏心耶细论奇文。薄物细故，斟酌作手，人性世态，考量名家。采葑采菲，不遗下体，神乎其技，海津云乎哉！

高粱

高杆密攒空，迎风旋转风。
穗头图晒米，秋早已添红。

谷子

担旱上坡梁，朝阳更惜阳。
养人宜病蘼，金贵正金黄。

大豆

匝匝叶交并，黑黄数弟兄。
分房却同荚，鼓鼓粒彭亨。

玉米

长势芸芸处，沟岗寻常遇。
子粒善包藏，红缨惹回顾。

白薯

插秧俱合度，爬秧不同步。
秧长有短长，秧下数薯数。

黏粮食

黍米糯成团，粘胶足胜官。
与人慰馋口，何必等饥餐。

荞麦[①]

霖沥无休息，巴眼望云气。
随地洒紫荞，顶麦充欣慰。

芝麻

一茎节九层，花朵步登登。
到了看收获，撼油饵饼能。[②]

苏子

鼻观触沉酣，辛甘臭可参。
入肠发奇效，虫痞例驱探。[③]

苘麻、线麻

神仙来劈麻[④]，得有麻可劈。
终生踏鞋走，麻绳纳鞋底。

旱烟

六月阴雨天，檐前晾旱烟。
虫蛇避人走，艾栗味添全。[⑤]

向日葵

墙角几株葵，沾沾生欣喜。
向人表秋温，光照殊难已。

菜园子

才了葱青又韭黄，一年泰半总生香。
充肠可口菜园子[⑥]，暮雨晨风慰眼长。

大葱

亭亭身段长农家，夏潦春寒势有加。
四季风光显葱翠，顶巢藏子学蜂衙。[⑦]

大蒜

雅怀逸兴养兰花，醯酱街头同取耶。[⑧]
未必佳人嫌气味，调和鼎鼐过生涯。

土豆

白白红红紫紫忙，⑨工蜂雌蝶闹花行。
一窝刨出全家喜，老少都来灶口旁。

倭瓜

簪瓜雨后可闲忙，疏密瘠肥不要强。⑩
更与种瓜人匹似，嫩时青绿老金黄。

豆角

椭扁长圆总碰头，端阳始摘到深秋。
聊斋事远胡床近，坐听啾啾唧唧休。⑪

黄瓜

斜阳古柳卖黄瓜，　带刺依稀喜顶花。
种者津津邀食者，⑫满村还有两三家。

白菜

梦里攘攘抱百财，⑬农家院里喜恢恢。
今年白菜收难尽，　堆垛昂然摆不开。

萝卜

温补秋冬好食材，[14]彤红雪白滚成堆。
春天已到正便宜，粥碗酱盆离不开。[15]

芥菜

不费精培细作功，井周园角屋山东。
粉身齑末添风致，都在家人爽口中。[16]

葫芦

当家食用总需要，菜里葫芦水里瓢。
七夕采花并徼福，[17]佳蔬一种几风标。

梨

才过杏花天，便是梨花雨。
花雨洗青龙，冰清两美女。

杏

杏花拼高洁，颜色娇胜雪。
粉嫩绽红蕾，却从风雪冽。[18]

枣

三春不发花，着花犹细碎。
游蜂队队来，采蜜置长喙。[19]

桃

红云栽新宠，秋老旧家种。[20]
儿小忆当时，偷桃贾余勇。

桑葚儿

老桑枝盘曲，蚕叶新宴饫。
挂果紫油油，[21]招鸟飞来去。

栗子

油栗栽满山，摘拣费周折。
松鼠大帮忙，负舟归石碣。[22]

野兔

生来好脚踵，一跳三根垄。
野草食能肥，前身应马种。

蛇

传说蛇成仙，[23] 世间记因果。
与人为休戚，　相讶神已夥。

老鼠

老鼠长如斗，见猫势如狗。[24]
世间大翻覆，翠袖高门守。

蚂蚁

根穴倚高城，奔忙看队行。[25]
南柯一觉里，善价攘声名。

黄鼠狼

诡异曲连环，心神恍惚间。
倘人抛鬼域，鼠性若为奸！[26]

蛐蛐儿

心静得清凉，灶旁与井旁。
参差流水样，声浪走低昂。

蜘蛛

蜘蛛结网能，昼夜鬼腾腾。
迎风张四面，萼食枕曲肱。

蝴蝶

西园一双蝶，羡煞商家妇。㉗
好物知守常，逐花饮清露。

蜜蜂

千百擅作场，一王终供俸。
列衙森体例，吐蜜减争讼。㉘

马蜂

筑穴主精工，分飞采撷同。
护巢一根刺，善哉此毒虫。

蚂螂

蜻蜓展双翅，稳稳高飞去。
蜘蛛结绳网，捉拿等飘絮。㉙

蚕

采叶人辛苦，食叶蚕欣舞。
不日竟成丝，[30]雪白耀亭午。

鹊雀

上天搭桥去，下界筑巢来。
呷呷相呼语，人间报喜哉。

野鸡

地上添声籁，禽间诩毛羽。
人前累馋口，俎上成丝缕。[31]

黄雀儿

黄裳云乎哉！缝缀文章好。
灌木托身家，觅食贪昏早。

布谷

年年飞去来，为与鹃花伍。
虫蚁口中攒，催耕却辛苦。

老鸹

世事杂悲喜，世人言臧否。
运道惯常来，鸦鹊自飞起。

王干哥[32]

千呼万唤中，都是相思苦。
叵耐好人心，有时歇蛇虎。

长尾巴连子（红嘴蓝鹊）

涂口穿花衣，群飞夺果稀。[33]
尾巴大拖累，饱食体难肥。

老鹰

原野烧兀兀，老鹰盘旋起。
雉飞焦兔走，都在巨眼里。[34]

燕子[35]

年年还旧巢，永固续漆胶。
众口黄烂漫，衔虫好治庖。

家雀儿

日午雀争虫，踏空复坠空。
倾时又飞去，薄暮倚林同。

香油罐儿（水黾）

飞身水面走，御风翻筋斗。
有力却无痕，一缸等五亩。[36]

蝌蚪

一夜蛙声吼，新添万蝌蚪。
摇摇浅水中，长路绕培塿。

蝈蝈

大腹便便有，追欢变搔首。
笼城起乌乌[37]，振翅歌拊缶。

小鱼

白小[38]群分命，天然二寸鱼。
望河欣海若，走水水流渠。

柳

纳凉蝉伴守，扑漉雀追友。
枝枝拂丝长，长年绾柳叟。

杨

村庄喜种杨，绿影覆新房。
夹道添生气，无风语鹊忙。

榆

记忆数荒年，树冠长愈圆。
儿童爱新绿，春早望榆钱。[39]

松

压山成古迹，[40]抓石络苍崖。
白雪松青里，点缀最和谐。

栎

作成蚕世界，本是鸟家乡。
苦学枫栌处，金秋染赭黄。

槐[41]

香甜飘梦幻，雪白灯笼串。
五月坐花斋，心香余几瓣。

椿[42]

兄弟非攀梅，两端生气味。
大年遗上古，小吏喻高贵。

①荞麦属低产补种作物，边角薄地，抛撒能生。

②按书中记事，把芝麻炒熟捣饼，置盆内，用碗撼压，油滴渗出，谓之“撼香油”（芝麻油俗称“香油”）。与自然中牛蹄蚁穴之积水建瓴，雨潦漏入，事殊理同，形势稍异耳。

③苏子驱虫，民间验方。

④劈读（pǐ）。俗语“劈麻卖油，神仙见也发愁”。谓其难。

⑤村俗用烟味避蚊、蛇、虫等。栗花燃可驱蚊，艾叶炙可祛病，皆因有药性异味故。

⑥村语呼庭院内外种菜畦地为“菜园子”，虽俗语，然大有雅意。我国著名园林艺术家陈从周先生，在《梓翁说园》里说：“南宋以后著名的叠山师，则来自吴兴、苏州。吴兴称山匠，苏州称花园子。”

又引用《吴风录》里的记载："朱勔子孙居虎丘之麓，以种艺选石为业，游于王侯之门，俗称花园子。"称造园的匠人为"园子"，想必与平日称所造所用之"园"为"园子"有关。这恰好可以从《红楼梦》里找到注脚。刘姥姥二进荣国府，陪贾母在大观园里吃玩，贾母问刘姥姥："这园子好不好？"刘姥姥答："谁知我今儿进园里一瞧，竟比那画儿强十倍，怎么有人也照着这个园子画一张，我带了家去，给他们见见，死了也得好处。"问答间口角不同，心态两异，但都称大观园这个极品园林为"园子"，可见"园子"这个词儿，虽然是古人日常生活里的口语俗称，却饱含雅致。与现世农家称菜地为"菜园子"，流转有序。

⑦葱老结籽，于顶巢中列藏，大似蜂衙意趣。

⑧金农题墨兰诗"若被春风勾引去，和葱和蒜卖街头"。

⑨土豆花分红、白、紫三色。大面积种植，花开如海，蜂蝶簇拥，真人间朱紫无可比拟者。

⑩倭瓜随地可种，种必有收。寻常菜品，锦上鳌头。

⑪王渔洋题《聊斋》所谓"姑妄言之姑听之，豆棚瓜架雨如丝"，正农户人家院里风光，人自不觉耳。

⑫古代贫富分明，吃用短缺，有"食者游手（不种），种者袖手（不食）"之说，略同"卖油娘子水梳头"之意。现今物品繁富，为古代的说法生长出一种

新的意境。如客者入瓜棚菜圃，种者必催观看或买者品尝，眉宇间有津津之色，尝者亦必啧啧称鲜，主客间隐然泯界矣。

⑬过去穷人把菜根菜叶都当成救荒度命的本钱。而今步入小康，天下攘攘间不讳“争利”，有法“取利”，每每“盈利”，众多菜品间，每谓白菜为“百财”。生财心切，于此可见。甚至谓故宫宝物“翡翠白菜”或图画中画白菜，梦中见白菜，皆寓此意。民俗心理，盎然有趣。

⑭谚谓菜中萝卜等于药里人参，温补益人。

⑮北方酱菜，萝卜为主料。

⑯本诗第四句原作“俗语呼为雪里蕻”，海津以为不妥，因芥菜与雪里蕻非一物。寻常物事，竟有舛错，可叹人生之有限，认识之无穷！

⑰葫芦盛花，满架花开，几如繁星，照夜如雪。夏夜儿童嬉闹间折取盈把，大人不加呵止。晨早见花仍满架，不减韵致。按书中描写，七夕之夜，葫芦架下，清水盆中，童心无邪，可见牛郎织女鹊桥相会景象，与范成大《四时田园杂兴》诗中名篇《夏日田园杂兴》第二首中“朱门巧夕沸欢声，田舍黄昏静掩扃。男解牵牛女能织，不须徼福渡河星”所描绘景致，口吻间不同而相通，可以想见古今民间风俗。

⑱清明节季，宅院、山坡、地头、沟垴，杏花绽放，

纷红雪白。去年（二〇一八年）清明节前后三两日，风雪漫天，六花飞瑞，哄传杏花冻落矣。不意晴阳洒空，花酣可树（口语，等于说满树），真花中君子也。

⑲青龙山多花盛，蜂户日多。枣花蜜、槐花蜜、荆花蜜有名。

⑳按书中记事，新种桃红云彤布，无新叶点缀，不甚喜人。未嫁接过的山桃野桃谓之“毛桃”（以多毛痒人故），古来旧有，山间墙角，春早间花叶并举，纷红嫩绿，与秋间下树之桃实红穰绿皮，绝可匹配。

㉑按书中记鸟语：“我吃桑葚儿油嘟噜，你吃桑葚儿黑屁股！”

㉒藏山于泽，藏舟于壑。栗归鼠窠，不亦造化之默运乎。

㉓满族所信奉原始宗教萨满教宗旨，万物有灵，皆可成神。其实神为人造，面对大自然（天）之深远宏大，每叹自身能力之有限卑微，产生敬畏，欲法其机，耦合天意，以应变异。

㉔鼠不畏猫，猫不捕鼠，渐成友类，职官转守。人世间翻覆何止陵谷哉！

㉕天闷热，雨将来，蚂蚁列队急行，谓之“搬家”。儿童手攘脚踩，居然难改其行之路线。岂苟安逐利者所梦见哉。

㉖鼬性诡猾。乡人畏鬼造神，指鼠为虎。亦有言鼬入室而护家者。一物两判，《聊斋》风绪。

㉗双蝶慢飞，采花啜露，清甘自知，不求鹜肥，可为人间贪者戒。李白《长干行》：“八月蝴蝶黄，双飞西园草。感此伤妾心，坐愁红颜老。”

㉘一王将百千子，列衙采蜜，体例森严，嗡嗡乐声中，出入有序，劳逸由中，真世间和谐之典范。

㉙钱锺书先生化用道潜诗“禅心安稳絮沾泥”。絮沾泥不起，与虫之入网不脱，体同势异。一安稳，一动摇，正可喻禅心两端。文者拈出物例，点化诗事，堕入禅眼矣。

㉚李义山诗“春蚕到死丝方尽”，千古名句。实则蚕食叶吐丝，作茧成蛹，化蛾产种，再变成下一个轮回的蚕，生生不息，最得化机，未有穷尽。演此意，禅意远胜义山诗意。蚕禅一体，可发人一笑。

㉛青龙满族自治县满族的来源，当然是清初朝廷派驻，旗人落地守土的任务之一便是为京城“贡雉”。《红楼梦》里黑山村的乌庄头乌进孝给宁府的账单子上“……野鸡、兔子各两百对……活鹿两对，活白兔四对，活黑兔四对，活锦鸡两对，活西洋鸭两对”等等，活灵活现，绝妙一幅青龙满族祖先们的生活写照。

㉜按书中记事，兄弟共取山中财宝，兄见财起意，

置弟于不测。弟死后化鸟呼兄不辍。亦有传说“王干哥”鸟呼声为雌雄相思意。

㉝田野或庭院中，此辈呼朋引类，群飞啄食树果，讴哑难听之声，填胸塞耳。人轰鸟走，熟果已稀。

㉞韩愈《雉带箭》：“原头火烧静兀兀，野雉畏鹰出复没……雉惊弓满劲箭加。冲人决起百余尺……”把雉（兔）等被狩状态描写得不留余地。

㉟燕子俗称“家燕”（与下一首中的“家雀儿”恰好一对儿。反映出农村生活中主人与鸟雀的和谐相处），筑巢椽檩间，乳燕孵出，觅食衔归，众乳燕黄口仰争，景象动人。

㊱香油罐儿腾身水面，走水无痕，身轻故也。脚踩缸井之中，养身池塘之上，随遇而安∨微物赍志可见。

㊲“乌乌”为古代歌曲名。钱锺书先生在《宋诗选注》里选有一首南宋诗人乐雷发的《乌乌歌》，在歌中就国家生死存亡之际，诗人或理论家仍以清谈标举，谈道（道学）误国（不济事）所引发的感慨。

㊳“白小”指银鱼。古代大诗人杜甫、陆游等在诗里都曾描写过这个微薄的生命。本诗的头两句就是采用杜甫《白小》诗里的成句。

㊴榆钱榆皮在饥荒年间都是充腹度命的东西。《红楼梦》里刘姥姥所说的“我们成日家和树林子做街坊”的那段话“困了枕了他睡，乏了靠了他坐，

荒年间饿了还吃他，眼睛里天天见他，耳朵里天天听他，口儿里天天讲他”，虽非专指榆树而言，但包括了这个宅院前后常见的树种。

㊵青龙山岗坡梁间，多见老松，俗呼“压山松”，一人、双人、三人乃至多人合抱者绝不少见，树龄在百年到数百年间。想见清朝及民国年间遮天满地的松林景象。

㊶槐花时节，香甜四野。君子素餐，饮冰澡雪。

㊷按书中记椿分香椿与臭椿两种，香椿植宅院，臭椿生山野，《庄子·逍遥游》“上古有大椿者，以八千年为春，八千年为秋，此大年也”。

王德志摄影作品读后有感

王德志同志从事家乡风景摄影二十几年，从未间断，取得了不小的成就。模山范水，幽怀铭契。三春八夏，快镜交攻。于杏蕊舒红，梨花带雨，乱山高下，湍水平流，狠石蹲鸱，悬崖透壁，枝条挂雪，梯田生绿间，常年摩挲浸润，于事有恒心，于物有钟情，于艺有演进，拿来万象，积淀胸中，终成作手。奚只都峰、老岭、玄水、起河、冰沟、溶洞、长城、故家的点滴记录乎。观其佳作，成诗三十八首，钝笔慢兴，演绎间当助佳事也。

一

渤海溟溟浴日，都山阵阵闻鸡。
恰当一天喷薄，锦霞映带东西。

二

乱石堆来峰顶，绿萌爬上山坡。
杜鹃仍无动静，任他云挤云摩。

三

石眼招邀日眼，天心欲吐霞心。
大块沉沉梦里，都无车马声音。

四

沟壑纵横千万，曙光放任冲天。
最好一年春尾，点苍成碧绵绵。

五

相偎相伴相缠，藤绿枫红年年。
不管人间蹊径，来屐去舃翩翩。

六

垒块如尘如海，纷红骇绿斑斑。
真个画中境界，顽石铁木相安。

七

左袒漫漫红遍，右裼绿意参参。
百花道场可比，秋来爽气如蓝。

八

赤橙黄绿浓酣，松枫白桦鼎三。
老手划然断取，喁喁听我乡谈。

九

这厢黑沉世界，那里一角蓝天。
平地涌来云雾，佛光正照眼前。

十

大地披绵裹絮，山房脊吻尖尖。
正是一天兴起，梦乡可老黑甜？

十一

山皱亦同面皱，流光一抹尊颜。
莫问青红留几，草头霜露般般。

十二

玉树琼花暂住，峰坚石老淹留。
齐物原来此刻，奈何苦索冥搜?

十三

一角山花摇曳，近前月地云阶。
平远米家云雾，画来怎地安排。

十四

峰头石脚安家，便同地角天涯。
不过寻常草木，霜风特地荣华。

十五

烟雨迷蒙景象，丹青水墨风华。
一把清新气味，快心慰眼豪奢。

十六

水光山色安详，钓竿钓手徜徉。
一片光来天地，已然温暖夕阳。

十七

芳村曲径伸延，飞絮飞花后天。
必有行人经过，扑身扑面回旋。

十八

白苇黄茅匝地，清深玄水飞蓝。
倘无一叶遮目，看成三月江南。

十九

河上巨鳌独卧，长天云阵相将。
占雨占晴契许，人间电信繁忙。

二十

仰首一天眺望，守心六识龟藏。
四大合成懒默，两边都是坡梁。

二十一

白水激来湍悍，青石携手红颜。
相荡相摩挨过，终成意定神闲。

二十二

黑白青黄调色，浑沦天地本初。
佛光从来普照，莫问今我实虚。

二十三

春脚踅回抹绿，冬心暂住白头。
相与乱山契阔，此间劲道方遒。

二十四

春早生机涌现，山毛绿意斑斑。
城北墙南两界，天工恁地偏悭！

二十五

颖新破旧侵寻，时光唤作古今。
何止巧心匠作，文明一脉荷任。

二十六

新枝老干槎牙，向空得得放花。
说好一年一度，无声有息巴巴！

二十七

春光一似秋光，荒寒不放岭冈。
到底移来阳暖，明朝或有草香。

二十八

主天一日放光，耸山一壁朝阳。
恰有光穿洞罅，邻峰登地辉煌。

二十九

斑斓古锈着装，思人思己思乡？
便有天荒地老，身躯七尺昂藏。

三十

花朵夜来上树，园蔬昨日拱畦。
残雪依然数点，生香已满田梯。

三十一

碧水清山黄叶，蓝天红瓦白云。
借问此间何处，近来霾雾纷纷。

三十二

华表当场信物，崇楼立地官身。
云彩抵空掠过，流泽被土被民。

三十三

楼阁探空留日，黄昏袭迫忡忡。
消长阴阳有序，阿谁持柄贪功。

三十四

忽有百花升树，小村包孕春温。
登垅不劳眺望，家乡几处桃源。

三十五

杏花枝下居家，相对幽明可嗟。
不息劳人苦作，种田种树生涯。

三十六

平地梨花带雨，浅山瑞雪羁鬟。
最是人家好看，长松正对屋山。

三十七

大地从来静绿，天空毕竟深蓝。
还作小城本色，乡情旅梦承担。

三十八

坚白晶莹世界，雪花六出飞翰。
第一吾来取镜，人心原不祁寒。

后记

本书收集了作者近二十年来创作的六七十首（组）诗文作品。绝大部分是旧体诗。诗的形式大体符合旧体诗的格律要求，四、五、六、七言均有，古体近体皆备，一律押古韵。诗的内容涉及作者对家乡的风土人情、山水风光、经济社会发展变化、艺事活动（包括散文、诗歌、绘画、书法、摄影等方面作品）的评价和序、跋等。可以说是对进入新世纪后，青龙二十年间社会面貌的侧写。当然，不管什么样的形式或内容，状物陈情，宣心体物，都离不开作者对家乡的风土、人情、物事的熟悉、热爱和体会。只怕侔色揣称，意深墨浅，走筛漏水，七宝难成。不管作者怎样心肝宝贝般地珍爱自己的作品，评判权最终还是操在读者的手里——且不提编者的慧眼相识和用心推介，编者毕竟是一部作品最早甚至是最好的读者之一。

本书选用傅奇、王毓民、张东海、张连复、王世璋几位先生，杨梅、任意书、赵新春几位同志的作品作为配图，生色添香，契合得力，也算得上是家乡“风土”的别致内容。

傅奇先生为本书题写了书名，王德志同志为本书摄影配图。李伟东同志在本书的编辑过程中，付出不少劳动。张鹏云、刘力锋贤伉俪帮助查核有关资料。在此一并致谢！

本书的错误不足之处，还望方家批评指正。

纪立功

2019 年 7 月